JN122239

夕闇通り商店街
純喫茶またたび

栗栖ひよ子

ポプラ文庫

Matatabi

メニュー表

JUNKISSA MATATABI

純喫茶またたび　メニュー表
※当店では、猫の手も借りたいお客様をお待ちしております。

ドリンクメニュー
究極のブレンドコーヒー（仮）
コーヒー各種
紅茶各種
クリームソーダ

フードメニュー
ナポリタン
ピザトースト
ホットケーキ
プリンアラモード

――お代には『思い出』を頂戴しています。

メニュー1

素直になれないクリームソーダ

恋人と別れたあと、思い出すのは大きなイベントや喧嘩じゃなくて、日常のささいなことなのはどうしてなんだろう。

例えば、彼がこういうときいつも、クリームソーダを注文していたこととか。


「紗菜《さな》、飲み物なににする？」

カラオケボックスの騒音の中、友人の真結《まゆ》が声を張って隣から話しかける。

「あ、アイスティーで」

「フロートじゃなくていいの？　メニュー表、熱心に見てたけど」

我に返って答えると、真結は首をかしげる。一瞬とはいえど、気づかれるほど思い出に浸っていたなんて、とショックだった。しかしそれを顔には出さない。

「大丈夫。アイスと飲み物は別々に取りたい派だから」

「さすが紗菜、好みがはっきりしてるね～。あたしはココアフロートにしようっと」

真結は弾むような声でメニュー表を指さす。私は「え」と少し顔をしかめた。

「ココアにバニラアイスって、甘くない？」

「だからいいんじゃん」

室内は、サークルの一年生メンバーで座席がぎゅうぎゅうに詰まっている。冷房がきいているのになんだか暑苦しい。飲み物の注文は、世話焼きの本多《ほんだ》くんがまとめて店員さんに伝えてくれた。

　大人数でのカラオケは、ほんとはあまり好きじゃない。そういう空気感を出すとしらけさせるだろうから、いつも控えめに盛り上げて、勧められたら歌うようにしている。

　おしゃべりは得意じゃないし、人見知りする性格なんだけど、背が高くて見た目が大人っぽいせいで『しっかりして落ち着いている』『クールで自分を持っている』と思われがちだ。全然そんなことないのに。

　自分を持っているわけじゃなくて、不器用で人に合わせるのが苦手なだけ。本当はもっと社交的で、素直な性格になりたいと思っている。

　いつも集まりを仕切ってくれて、今もリリースされたばかりの新曲を歌って場を盛り上げている本多くんとか、運ばれてきたココアフロートを飲みながら「つめた～い。でもおいし～い」と屈託なく笑っている真結みたいに。

　だったらきっと、恋人ともすっきり別れて、こんなにぐずぐずといつまでも思い出すなんてこともないんだろうな。

　初めての彼氏は、高校のクラスメートだった。三年になってから付き合い始めて、受験生だからあんまりデートはできなかったけれど、それでも時間を作ってファストフードやカラオケに出かけた。

そんなとき、彼が決まって頼むのがクリームソーダ。彼は頭の中に独自の『クリームソーダマップ』があるらしく、ショッピングモールでクリームソーダが食べられるのはフードコートのあそこ、とか、ここのファストフードはソフトクリームタイプでこのカラオケはアイスクリームタイプ、とかよくうんちくを語っていた。

なんでいつもそれなのとたずねたことがあるけれど、『ファミレスとか普通のレストランじゃなかなか置いていないから』と、聞きたかったのとは違う答えが返ってきた。

私は、どうしてアイスをわざわざメロンソーダに入れるんだろう、早く溶けるだけなのに、と思っていたから『ふーん』とそっけない返事をして終わった。本当は、ちょっとうらやましかったんだ。私には、毎回欠かさず頼むほど好きなものがなかったから。メニューを決めるときも、今食べたいものじゃなくて消去法で選ぶことが多い。つくづくつまらない人間だなと自分でも思う。

カラオケが終わってもみんな解散せず、駐車場の隅でぐだぐだしゃべっていると、本多くんと目が合った。一瞬「あ」と固まってから、照れたように微笑んでこちらに手を振ってくる。私も、ぎこちない笑顔で振り返した。

本多くんが私に好意を持ってくれているのは、なんとなくわかっている。彼のことは異性という以前に人として好きだし、『こんなふうになりたい』と憧れている人に好かれているのだから、本当だったらもっと喜んでいいのだと思う。でも、その好意が今は少し苦しい。本多くんが悪いのではない。これは完全に、私の問題だ。

元彼とは、大学が離れて遠距離になってから別れた。すっきり別れたのではなく、自然消滅のような感じだ。

春休み以降会っていない元彼と、ゴールデンウィークのときに地元に帰省《きせい》するかという話になり、『どうする？』と聞かれた。私は『今回は帰省しないかな。サークルがあるし』と答えた。彼はがっかりするかと思ったのだが、『そっか、俺も』と返してきた。それで察したのだ。ふたりとも新生活が楽しくて、遠距離の恋人にかまっている暇なんてないってことを。

そのまま連絡も遠のき、夏休みごろには電話もメッセージもお互い送らなくなった。お盆には帰省したけれど、そのときも彼に連絡はしなかった。それで終わり。

未練なんてないし、私だって遠距離なんて面倒くさいと思っていた。彼に気を遣って時間を作るよりは、新しくできた友達と楽しく遊んでいたい。

なのにどうしてか——新学期が始まってからも、こうして元彼を思い出してしまう。クリームソーダなんてささいなきっかけで。

きっと、もやっとした終わり方だから気になっているだけだ。それはわかっているのだけど、こんな中途半端な状態で本多くんの気持ちに応えるわけにはいかない。だから、気づかないふりをして彼のアプローチをかわしている。それに……。

「本多くんと付き合ったからといって、元彼以上に好きになれるのかな……」

帰宅後お風呂に入り、ベッドにごろんと横になりながらつぶやく。

学校帰りに制服でアイスクリーム屋さんに寄ったり、自転車のふたり乗りをしたり、体育祭でハチマキを交換したり、図書館でお勉強デートをしたり。

そういったキラキラした思い出は、高校生だからできたんじゃないかって。初めての経験だから楽しかったんじゃないかって。

私は本多くんより冷めている人間だし、付き合ったところでまた新鮮な気持ちになれる保証がない。

「怖いのかも……幻滅されるのが」

相手の好きなものにも興味を持てないつまらない人間だから。自分から話を盛り上げたりできない不器用な性格だから。

こうしてアプローチをかわしている間に、本多くんにはきっと、明るくてかわいい彼女ができるんだろうな。私はいつになれば、新しい恋を始められるのだろう。

「元彼に連絡、取ってみたほうがいいのかな。きちんと話し合ってすっきり別れれば、思い出すこともなくなるのかな」

そう決意してスマホを取り出しても、メッセージは送れない。そんなことを何回も繰り返している。真っ黒なスリープ画面にため息が落ちた。

「だれか助けてくれないかな……猫でもいいから」

猫の手も借りたいと、壁にかかっている猫カレンダーを見ながらつぶやく。

「本当に猫が手を貸してくれるわけ、ないけどね」

そんな奇跡みたいなことが起こるのは私じゃなくて、映画とか小説の主人公だけだってわかってる。


「は～、暑い……」

土曜日。家庭教師のアルバイトが終わって玄関を出ると、すでに夕暮れだった。こんなに暑いのに、九月に入ってから、日が落ちる時間は目に見えて早くなっている。生徒の母親から『先生もどうぞ』と夕ご飯を食べていくように勧められたのだが、暗くなりそうだったので断ったのだ。このへんの住宅街は人気《ひとけ》がないので、暗闇の中、通り抜けるのはちょっと怖い。

大学近くのアパートに向かって自転車をこいでいると、小さな神社の前を通りかかった。短い階段の先にあって、周りをたくさんの木で囲まれているため、よく見えない。

いつもは気にならないのだけど、先日『猫の手も借りたい』と口に出したせいか、思わず自転車を止めてしまった。猫は無理でも、神様だったらもしかして助けてくれるかもしれない。どんな御利益《ごりやく》の神社かわからないから、気休め程度の期待だけど。

階段の端っこのスロープを使って自転車ごと上り、神社の境内《けいだい》に入った。重なり合った木々の葉っぱが濃い影を落としていて、少し涼しい。

「早く元彼のことを忘れられますように……っと」

手を合わせてお願いすると、なんだか一仕事やり終えたような気持ちになった。

「気がすんだし帰ろうっと。……ん？」

落ち着いて境内を見回すと、おかしな部分に気づいた。神社の裏手の一角だけ、ぽっかりと拓けたように雑草や木が生えていないのだ。

「なにこれ。まるで抜け道みたい」

そう思ったら本当に道があったときの驚きを想像できるだろうか。しかも、その細い一本道の先には、商店街らしきものが見えているだなんて。

神社の前の道は何回か通っているけれど、裏に商店街なんてなかった。だとしたら、私が見ているものはなんなのだろう。知らない間に熱中症にかかって、幻覚でも見えているのだろうか。それにしては、頭がすっきりと冴えている。

そんな得体の知れない場所に足を踏み入れてはダメだ。本能は危険を察知しているのに、自分の好奇心が抑えられなかった。自転車を境内に残したまま、音をたてて砂を固めたような道を進んでいく。商店街の入口に着いたときには、引き返すことなんて頭からすっぽり消えていた。

一本道の左右に並ぶのは、昭和の商店街のような古びた店舗。しかし中国風の建物もまじっているため、アジアンな雰囲気もある。最も特徴的なのは、電灯のかわりに下がっている、赤と白の提灯《ちょうちん》だ。なんだかここだけ人間の住処《すみか》じゃないような、奇妙な印象。

歩を進めていくと、ほとんどの店がシャッターを下ろしていることに気づいた。入れそうな店でも、扉には鍵がかかっている。この近くにはショッピングモールもあるし、ここが本当に商店街だとしたら、さびれているのも仕方ないとは思うんだけど――。

ふと足を止めたのは、レトロな喫茶店の前だった。『純喫茶またたび』と立て看板が出ている。外観自体は、昔ながらの商店街にありそうなごくありふれたものだったのだけど、目が吸い寄せられたのは看板に書かれた一文だった。

「〝猫の手も借りたい人へ〟……?」

心の中を覗かれたように、胸がドキッとする。まるで私がここを訪れるとあらかじめわかっていたみたい。そんな非現実的なことを考えてしまう。

でもどうして、喫茶店と猫の手が関係あるのだろう……。私はふらふらと導かれるように、喫茶店の扉を押していた。カランカランとドアベルが鳴り、オレンジ色の灯りに照らされた、少し薄暗い店内が目に入ってくる。

ステンドグラス風の窓、天井から下がったチューリップ型の照明。つやつやした飴色の木製家具に、レトロな蓄音機《ちくおんき》から流れるクラシック音楽。どこをどう取っても、古き良き喫茶店といった感じだ。

ひと通り店内を眺め終わったところで、バリトンボイスのいい声が響く。

「いらっしゃいませ」

声のした方向――入って右にあるカウンターに目を向けると、人間と同じくらいのサイズの黒猫がティーカップを持って立っていた。

「えっ!?」

思わず大きな声が出てしまう。長毛の黒猫は、目を細めてヒゲをぴくぴくと動かした。猫のヒゲのほかにも、人間のようなヒゲが生えている――と思ったら、白い毛でできた模様だった。胸元と、ヒゲの模様だけ白い。

「どうかしましたか？」

落ち着いた声色には、少しだけからかうような響きがまじっている。

「えっ、だって、あなた、猫……」

黒猫はマスターのような蝶ネクタイと黒いベストを身につけている。まさか、この猫が店主なのだろうか。

「私は、『純喫茶またたび』の店主です。マスターとお呼びください」

「は、はあ……」

あわてふためく私とは対照的に、マスターは優雅な動作でティーカップを置いた。

わかった。きっとこの猫は着ぐるみなんだ。こうして来るお客さんをからかっているんだな。猫の店員さんがいるお店の映像を、テレビで見たことがある。それにしてはなんだか、やたらリアルすぎるけれど……。しっとりした長い毛も、潤んだ黄色の瞳も、本物みたい。

「外は暑いでしょう。よかったら、こちらにお座りください」

マスターは、目の前の席にお冷やとおしぼりを置いてくれた。マスターの飲んでいたカップを覗きこむと、薄い黄金色の液体が入っている。ティーカップには合わないけれど、緑茶《りょくちゃ》か玄米茶《げんまいちゃ》だろうか。

「は、はい……」

着ぐるみを着てはいるけれど、中の人はとてもダンディなようだ。紳士的な物腰に逆らえず、私はカウンター席に腰かけた。

「あの、ここって、どういう商店街なんですか？」

カラカラの喉にお冷やを流し込んでから、私は気になっていたことを聞いてみた。

「ここはゆうニャみ通り商店街……」

「ゆうニャみ？」

「失礼。似ている音は猫語の発音と交ざりやすいので……」

マスターは猫耳をぺたんとさせたとあと、仕切り直した。

「では、もう一度……。ここは夕闇通り商店街。あやかしが店を営む商店街です」

「あやかし……？」

「ふだんここを訪れるのは、あやかしか霊、もしくは生き霊のお客様ばかりです。人間では、なにか悩みがあって存在が不安定になった方しかたどり着けません」

「えっ……。冗談、ですよね」

あやかしとは、妖怪のことだったはずだ。店主は否定せず、鼻をひくひくさせるだけ。ぞわっと、背筋が寒くなるのを感じた。

「私も、ほら。普通の猫じゃないんです」

そう告げながら、マスターは自分のしっぽを持ち上げる。黒くてふさふさしたしっぽは、ふたつに分かれていた。猫又《ねこまた》という妖怪の名前は、私でも知っている。長く生きた猫はしっぽが二又に割れて、妖怪になれるという話。猫又だったら、二足歩行したり、人間の言葉でしゃべったりするのも、できるのかもしれない。

「も、もう。冗談きついですよ～。そういう設定なんですよね？」

ブラウスから出たむき出しの腕には、鳥肌がたっていた。そう思い込まないと、とてもおとなしく座ってなんていられなかった。

それに、冗談は悪趣味だけれど、このマスターがだれかに危害を加えるなんて思えない。会ったばかりでこんなに信用するのもなんだけど、私を見る瞳が優しく、慈愛に満ちているのを感じていた。

「メニューをどうぞ」

「あ、どうも……」

立ち去るか迷ったけれど、お冷やを飲んでしまったし、マスターの冗談にもう少し付き合ってあげようかな。

ふたつ折りのメニュー表を開くと、よれよれした丸っこい文字が並んでいた。マスターを見上げると、恥ずかしそうに顔をぽりぽりかく。

「文字を書くのは苦手なんです」

「いえ、味があっていいと思います」

かわいいところもあるんだな、となごんでから再びメニュー表に目を落とすと、クリームソーダという文字が飛び込んできた。また、クリームソーダなのか……と暗い気持ちになる。しかしそれより気になったのは、ある一文だった。

「お代が『思い出』って……、どういう意味ですか？」

「そのままの意味です。お金のかわりに、注文したメニューにまつわる思い出を、お客様に話していただいています」

思い出を、このマスターに、話す。なんでそんなことをするのかわけがわからないが、料金を取らなかったらお店がつぶれてしまうのでは？

「でもそれじゃあ、喫茶店の経営が立ちゆかないんじゃ……？」

「大丈夫です。ここは特別な場所ですから」

そう返すマスターには、優雅な余裕が感じられる。土地を持っていて、家賃がかからないのだろうか。今はそんなことよりも、注文するメニューをどうするかだ。

私がメニュー表をじっと見つめていると、マスターに視線の先を読まれた。

「クリームソーダですか？」

「えっ。いや……はい」

違う、と言おうとしたけれど、ほかのメニューに語れそうな思い出なんてない。思わぬところで、クリームソーダ初体験となってしまった。

カウンターの上でカチャカチャと控えめな音をたてながら、マスターが猫の手で器用にクリームソーダを準備する。

「あ……上に載っているのは、アイスクリームとソフトクリーム、どちらがお好きですか？」

途中でマスターが振り返る。

「えっと、アイスクリームで」

たしか、元彼はそう言っていた。ソフトクリームのタイプもあるけれど、それはなんか違うのだと。そのこだわりも子どもっぽく思えたっけ……。

緊張して待っていると、ほどなく注文はできあがった。

「どうぞ。クリームソーダです」

「うわぁ……」

ぴかぴかのグラスに注がれた、しゅわしゅわの緑色のサイダー。その上に載ったまんまるのバニラアイス、添えられた真っ赤なチェリー。今までなんとも思っていなかった飲み物が、喫茶店のやわらかい灯りに照らされて、とてもおいしそうに見えた。

「溶けてしまうので、先に食べてから思い出を」

「じゃあ、いただきます」

まずはストローで、メロンソーダをひとくち。しゅわしゅわという泡が口の中ではじける。炭酸が強くてすっきりする。

次は長い柄のスプーンを持って、メロンソーダとアイスクリームの境目の部分をすくってみた。ドキドキしながら口に運ぶ。

「あ……おいしい！」

それはまったく、予想外の味だった。アイスが氷に触れている部分がシャーベット状になり、口に入れるとほどける。そこにメロンソーダの甘さと、炭酸のしゅわしゅわ感が重なると、より刺激的な食感になる。たとえるなら、バニラアイスと炭酸入りのメロンシャーベットを同時に食べているような感じだろうか。こんなの、飲み物とアイスが別々だったら絶対に味わえない。

ああ、だから元彼は、ソフトクリームは邪道だと言っていたんだ。ソフトクリームでは、このシャーベット感は味わえないだろうから。

濃厚なバニラアイスも、メロンソーダと同時ならさっぱりどんどん食べられる。

私は一気に、アイスの半分以上をたいらげてしまった。

「ふう……」

ひと息ついたあと、またメロンソーダをひとくち。すると、最初とは違ってクリーミーさが加わっていた。アイスがソーダに溶けたからだ。炭酸は弱くなるけれど、これはこれでまろやかでおいしい。

夢中でクリームソーダをいただく私を、マスターは目を細めて見ていた。きっと微笑んでいるのだろう。

「はあ……ごちそうさまでした」

空になったグラスには、まだ氷が残っている。私が余韻《よいん》に浸っていると、マスターがカウンターにぽってりとしたコーヒーカップを置いた。カップにもソーサーにも、茶色いラインが入っているのがレトロっぽい。

「体が冷えたでしょうから、ブレンドコーヒーをどうぞ。サービスです」

「あ、ありがとうございます」

クリームソーダもタダでごちそうになっているようなものなのに、コーヒーまで出してくれるなんて。なんだか申し訳ないが、冷めてしまってももったいないのでありがたくいただこう。

カウンターに置いてあるシュガーポットから角砂糖をひとつ取り、コーヒーカップに入れる。本格的なコーヒーなのだから、ミルクはなしでいいだろう。カップを口につけると、インスタントとは違う芳醇《ほうじゅん》な香りが鼻をくすぐる。

「おいしいです」

コーヒーには詳しくないけれど、酸味が少なくて飲みやすい気がする。

「そうですか」

褒めたのに、マスターはがっかりしたようにつぶやいた。もう少し玄人《くろうと》っぽい感想が欲しかったのだろうか。

じっとモフモフの顔を見つめてみるけれど、猫の表情はよくわからない。ただ、そろそろ『思い出』を話さなければいけない時間なのはわかった。

元彼との思い出を言葉にするのは怖い。でもこの人――猫だったらまあいいか、と思える。

私はもう一度、コーヒーで喉を潤してから口を開いた。

「別れた彼氏が……クリームソーダが好物だったんです。どこにデートに行っても、クリームソーダがあれば必ず頼むくらい。でも私はそんな彼の好みをバカにして、飲んだことがなかった」

マスターは口を挟まず、じっと私の話を聞いてくれている。

「クリームソーダって、こんなにおいしかったんですね。先入観で否定なんてしないで、もっと早く彼の好きなものを共有すればよかった。ううん、クリームソーダだけじゃなかった。私はほかにも……」

言葉にすると、ほかのささいな思い出も脳裏によみがえってきた。

一度、彼がCDを貸してくれたことがあった。知らない洋楽のバンドだった。聞いてみたけれど、英語の歌詞が聞き取れないし、自分で訳してみても意味がよくわからない。

私はメッセージ性のある曲や、エモい歌詞の曲を好きになるタイプだったから、歌詞の意味がわからないんだったら聞いても意味がないと思った。CDを返すときに『どうだった？』と感想をたずねられたけれど、『う～ん』と曖昧《あいまい》に濁した気がする。

好みじゃなかったのを察したのか、彼はその後、CDを貸してくることはなかった。

けれど、大学でできた友達が軽音部で、彼女の学内ライブを見に行ってから、『洋楽もかっこいい』と価値観が変わったんだ。生のバンドは迫力が違ったし、歌詞がわからなくてもメロディーだけで伝わるものがあると感じた。

ほかにも、休日デートで彼が個性的なデザインの服を着ていたとき、『それかっこいいね』と褒めた。有名ブランドなのかなと思ったのだけど、彼は『古着屋で買ったんだ』と自慢げに伝えてきた。私は、『それって中古ショップってことじゃん』とがっかりした。『古着屋』にはリサイクルショップだけでなく、海外のヴィンテージ品を扱うお店も含まれていると知ったのは、東京に進学してから。

知らなかったといえばそれまでだけど、彼の話に耳を傾けていたら、付き合っていた当時にだって知れた情報なんだ。

相手の趣味に寄り添えなかったのは、『譲ったほうが負け』と思い込んでいたからだ。雑誌の恋愛特集や友達との恋バナでは、『尽くしてくれる、合わせてくれる彼氏がかっこいい』という価値観だった。きっと、少女漫画の影響なのだろう。まだまだ幼かったから、自分が主導権を握れる相手のほうが心地よかったんだ。ことあるごとに、『彼氏なんだから私に合わせてよ』とさえ思っていた。今ならそれは、恋愛ではなく一方的な要求だとわかる。先輩たちの恋愛の話も聞くようになったし、中には社会人と付き合っている人もいるから。うまくいっているカップルはみんな、お互いを認め合っていた。

「そうか、私は……。きちんと話し合って別れていないから心残りだったんじゃなくて、もっと彼を理解したかったんだ。一方的に自分の好みをぶつけるんじゃなくて、知らないことを質問したり、素直に共感したりしたかったんだ……」

心の奥底にあった本当の気持ちに、やっと気づくことができた。

静かに思い出を聞いていたマスターは、充分に間を置いてから口を開いた。

「野良猫の世界ではたしかに、譲ったほうが負けです。なわばり争いがありますからね。でも、飼い猫だと違います。二匹以上で飼われていると、猫もお互い譲り合ったり気を遣い合ったりするんですよ。きっとそれは、なわばりを共有しているからだと思うんです」

「そうなんですか」

猫を飼ったことがなかったから生態についてはよく知らなかった。猫って自由気ままで我が道を行くイメージがあったけれど、それだけじゃないんだ。

「人間の恋人たちも同じでしょう？　なわばりとは、ちょっと違うと思いますが」

「たしかに、そうです……」

一時でも、人生を共有するんだ。それはきっと、自分のなわばりに他人を入れるのと同じなのだ。

「猫でもできていることが、できてなかったんだな、私……」

うつむくと、マスターが私の肩に手を置いた。モフっという毛の感触と、むにっとした肉球の感触がする。なんだか人間の手より、優しくてあったかく感じた。

「その反省を、これからに活かせばいいのです。猫もそうやって、トライ&エラーで狩りを覚えていくのですよ。最初から狩りのうまい猫なんていません」

深みのあるバリトンボイスが、胸に染み込んでいく。

「そっか、そうですよね……」

いつもだったら『猫にたとえないでよ』と文句をつけているところだけど、マスターの言葉には素直にうなずくことができた。

「ありがとう、マスター。私、自分がやるべきことに気づいたみたいです」

立ち上がりかけて、入店直後から気になっていた疑問を思い出した。

「あ、最後にひとつだけ……。マスターが飲んでいた黄金色のお茶は、なんですか？　緑茶も玄米茶も、メニューになかったみたいだけど」

「ああ、あれはかつお出汁《だし》です。これはお出汁専用のカップなんですよ」

「かつお出汁……」

予想外の答えに、思わずくすりと笑ってしまった。お出汁のみで飲むなんておいしいのか？　と疑問だけど、きっと猫にとっては特別なのだろう。

「それじゃ、今度こそお暇《いとま》します」と席から立つと、マスターがうやうやしくお辞儀をする。

「おいしい思い出、ありがとうございました。また猫の手も借りたいときは、『純喫茶またたび』にお越しください」

ちょっと重たい木の扉を開けると、来たときと同じようにドアベルが鳴る。けっこうな時間を喫茶店でつぶした気がしたのに、外に出るとまだ夕暮れ時だった。行きとは違う颯爽《さっそう》とした足取りで、神社へと戻る。

本当は、途中から気づいていた。マスターが着ぐるみなんかじゃないってこと。瞳孔《どうこう》の大きさが変わるのも、鼻をひくひくさせるのも、ヒゲや耳が動くのも、着ぐるみじゃありえない。

マスターは本当に猫又だったんだ。あやかしが営む商店街だというのも、きっと本当だ。そして私は、もう夕闇通り商店街にも、『純喫茶またたび』にもたどり着けないだろうという確信があった。

その日私は、本屋で一冊の本を買って帰った。

家に着いたあと、スマホのアドレス帳の画面を眺める。

「私がしなきゃいけないのは……元彼に連絡を取ることじゃないよね」

スマホを操作して、元彼の電話番号もメールアドレスも消し、メッセージアプリの連絡先も削除する。

「これでよし……と。あとは……」

お風呂と夕飯をすませ、クッションでベッドの上に背もたれを作ってから、今日買った本を開く。

「えっ、最初に登場人物紹介と、館の見取り図がある。推理小説ってこんななんだ……」

難しそう、と気後れしたけれど、意外に読みやすく、夢中になっている間に寝る時間を過ぎてしまった。

結局、けっこうな厚みの文庫本を読み終える代償に、私は三日間、遅刻すれすれで起きることになる。

「本多くん！」

大学の中庭で、背の高いシルエットを見つけ、私は後ろから声をかけた。

本多くんは振り返り、声の主が私だとわかると意外な顔をした。こんなに声を張ってだれかを呼び止めるタイプではないので、驚いたのだろう。実は私自身も驚いていた。

「どうしたの？」

本多くんは一緒に歩いていた友達に「先に行ってて」と断ってから、私に向き合ってくれた。彼はいつも、私の目をまっすぐ見てくれる。

「あのね、この前勧めてくれた本、読んでみたの。本多くんが好きな作家さんの、ミステリー……」

そこまで伝えると、うわずった本多くんの声に遮られた。

「えっ、本当に!?　どうだった!?」

「分厚かったのに一気に読んじゃった。おかげで今日も寝不足。ミステリーって面白いんだね」

それはお世辞ではなく本心だった。読んだ本はシリーズだったので、次作も買ってみようと考えているくらいだ。本多くんはにやついた表情を隠すように、拳で口元を押さえた。

「ヤバい、なんかうれしい。紗菜ちゃんは好みがはっきりしてるから……俺の勧めた本なんて興味ないかと思ってた」

「ううん、そんなことない。本多くんの好きなもの、もっと知りたい。ほかにおすすめの本があったら、また教えてもらってもいいかな……？」

「もちろん！　今度何冊か持ってくるよ。そうだ、よかったら紗菜ちゃんの好きな本のジャンルも教えてよ」

「私の……？　えっ、読んでくれるの？　本多くんの好みに合わないかもしれないよ？」

私が好きなのは、女性向けの恋愛小説だ。ドラマとか、映画の原作になるような。ミステリー好きな本多くんは、ふだん読まないジャンルだろう。

しかし本多くんは、心底不思議そうに「ええ？」と目を見開いた。

「そんなの、読んでみなきゃわからないじゃん。好みだったらうれしいし、もし合わなくても、それは新しい発見になるんだから」

それは、私にはない発想だった。今まで、買った本が合わなかったら『時間がもったいなかった』と考えていた。きっとクリームソーダだって、おいしいと思えなかったら『損した』と感じていたんじゃないかな。でも、そうじゃないんだ。経験しなかったら、それさえもわからない。『自分は好みじゃないけれど、この人は好きなんだ』と発見できるだけで、それは前進で成長なんだと気づけた。

そして自分の好きなものを共有してもらえるのは、とてもうれしい体験だということも。

「うん……ありがとう！」

私はきっと、目の前の男の子を好きになる。そしてその先は、今までにない新しい発見ばかりになる予感がした。

＊　＊　＊

営業時間が終わり、灯りを落としたあとの『純喫茶またたび』で、マスターがひとり、自分のためだけのお茶会をしている。猫は夜目がきくから、暗くても問題ないのだ。

「今回も違いましたか……」

カウンターの上にはクリームソーダと、ブレンドコーヒーがひとつ。

「もう少し酸味があったほうがいいのでしょうか。香りは完璧なんですけど……」

ブレンドコーヒーをひとくちだけ、確認のように飲みながら、ひとりごちる。そして、冷え冷えのクリームソーダにとりかかる。まずはメロンソーダ。そのあと、アイスとソーダと境目の部分。

「クリームソーダはやっぱりおいしいですね。アイスも炭酸も猫又になってから初めて食べましたが、人間はこんなにおいしいものばかり食べていたのか、とうらめしく思ったくらいです」

アイスの冷たさ、炭酸のしゅわしゅわ感は生身の猫には刺激が強すぎる。猫又になってよかったことの第一位は、たくさんのものを食べられるようになったことだ。

「うーん。やっぱり、上に載せるのはバニラアイスが至高ですねえ」

つい「うにゃあん」と、猫の鳴き声が出た。

メニュー2

青春を取り戻すホットケーキ

私にとって、『おふくろの味』といったら、母ではなく姉が作ってくれた料理だ。

小さいころに両親が離婚し、母ひとり、子ふたりの母子家庭になった。母は看護師だったので、生活費のために夜勤が多くなり、子どもだけでごはんを食べることが増えた。

当時高校生だった十歳年上の姉は、毎日早く帰ってきて、夕飯の準備をしてくれた。カレーやシチューなど簡単なものが多かったけれど、ニンジンをお花の型で抜いたり、私が楽しく食べられるよう工夫をこらしてくれたっけ。

しばらくして母の仕事も落ち着き、豊富な手料理が食卓に並ぶようになったが、やっぱり記憶に残っているのは、姉が作ってくれた拙くもあたたかい料理だ。子どもふたりだと広く感じる家に、食事のあとも続く長くて暗い夜。姉が料理にいろいろと工夫してくれたのは、私の寂しさを紛らわすためだったのかもしれない。

今では私が高校生、姉は社会人だ。同じ年頃になってわかったけれど、妹のために部活も遊びもせず帰ってきて夕飯を作るなんて、私にはできない。だからずっと、姉には感謝しているのだけど……。

「今日も、お姉ちゃんいないの？」

　ダイニングで、お皿をテーブルに並べるのを手伝いながら、母にたずねる。今日の夕飯は麻婆豆腐《マーボーどうふ》だ。インスタントの素を使わずに作っているのが、母の自慢らしい。ひき肉とニラがたっぷりのピリ辛なので、ご飯にかけて麻婆丼にするのも好きだ。

「職場の飲み会ですって」

「ふうん……。最近多いね」

　すねた口調になったのがわかったのか、母がくすっと笑う。

「そんなものよ、会社なんて。いいじゃない、あの子は今までが真面目すぎたんだから」

「そうだけどさー……」

「祐月《ゆづき》は、お姉ちゃんがいないと寂しいよね」

　母の言葉に、顔がカッと赤くなる。

「そ……そんなことないよ！　早く食べよ！」

　むっとした表情のまま否定して、どすっと椅子に座る。なんだか怒った態度になってしまったけれど、仕方ないのだ。ここで同意しようものなら、姉離れできないシスコン確定だ。いくら図星だといっても、母には寂しがっているなんて知られたくない。

「いただきまーす。うーん、やっぱりお母さんの麻婆豆腐おいしい」

「今日ちょっと豆板醬《トウバンジャン》入れすぎたんだけど、辛くない？」

「ううん、ちょうどいいよ」

麻婆豆腐にお味噌汁、もやしのナムルの献立に舌鼓を打ちながら、姉のことを考える。就職してしばらくしてから姉は急にオシャレになり、飲み会や友達付き合いが多くなった。それまではずっと黒髪メガネでオシャレなんて興味なかったし、学校のあともまっすぐ帰ってきて私と遊んでくれたのに。今では土日もほとんど家にいないし、平日だって遅くなる日が多い。持ち物にも、華やかなアクセサリーやワンピース、化粧品が増えた。

「お姉ちゃんさ、社会人になってから楽しそうだよね」

食後の食器洗いを手伝いながら、口に出してみる。別に、それに不満があるわけじゃない。姉が楽しそうにしているなら、喜ばしいことじゃないかと思う。だけど姉の姿を見ると、なんだか急に知らない人になったみたいで、その変化に戸惑ってしまうのだ。

母は横目でちらっと私を見たあと、優しい口調で「お姉ちゃんは今が青春なのよ」

とつぶやくように言った。

「えっ……」

ドキリと、心臓が跳ねる。

「祐月が寂しい気持ちもわかるけど、見守ってあげないと」

「う……うん。もちろん」

平静を装って返事をし、二階の自室に上がったけれど、体温はサーッと引いたままだった。

私は、高校生活が楽しい。念願のカフェバイトも始めたし、クラスでも友達は多い。中学校よりずっと自由だし、今が青春だと感じている。でも姉は――本来だったら青春を楽しめた時期に、私のせいで自由がなかったのでは？

高校生活も大学生活も、地味だったのは私のせい。私が、姉の青春を奪っていた。

そのことに、母の一言で気づいてしまったのだ。

「だから今……青春を取り返しているの？」

姉はもしかして、しぶしぶ私の面倒を見ていたのかもしれない。解放されてうれしくて……一気に、今までやりたかったことを叶えているのかも。

でも、あんなに優しかった姉がその時間を後悔しているだなんて、あるわけがない。否定したいのに、生き生きと毎日を謳歌《おうか》している姉の顔を浮かべると、できなかった。

次の日——。気もそぞろになってバイト先でミスをし、店長に怒られてしまった。バイト先のカフェではお誕生日のお客様にバースデープレートのサービスをしているのだが、お皿にチョコペンで書く名前のつづりを間違ってしまったのだ。注文のときに聞き間違えて、そのまま伝票に書いてしまったのが原因だ。

「はー、落ち込む……」

今日のバイトが休みでよかった。ふだんだったら一日で気持ちを切り替えられるのだが、まだ引きずっている。自然と、帰宅する足取りも重くなってしまう。

私たち店員にとってはしょっちゅう作っているプレートでも、お客様にとっては一年に一度の特別なものだ。急いで作り直したが、プレートを見たお客様の表情が、一瞬にして喜びから困惑に変わったのが忘れられない。

バイト先の先輩には『次から気をつければいいよ』と励ましてもらった。私の様子がおかしかったのか、『なにか悩みがあるの？』と聞かれたが、家族の悩みって他人に話しづらい。それに相談したところで、『あなたの考えている通りだよ』なんて言われたら、きっと立ち直れないだろう。

そういえば、来月は姉の誕生日だ。毎年ホールケーキを買って家族でお祝いしていたけれど、今年は主役が家にいないかもしれない。でも、仕方ないだろう。姉だって、家族に祝われるより、友達と豪華に外食するほうが楽しいに決まっている。

考え事をしながら歩いていたら、通学路の曲がり角を間違えてしまった。

「いっけない。最近、バイト先に行く道のほうがよく通っていたからかな……」

完全に、知らない住宅街の中に迷い込んでしまった。

「えっと、こっちかな……」

勘を頼りにもとの道に戻ろうとしたが、今度は見覚えのない通りに出てしまう。

「あれ、逆だったかも……」

引き返そうとしたが、道の先に神社があるのに気づく。周りより小高くなっており、うっそうとした木々に囲まれていて、ちょっとした森のようだ。

「なんか疲れたし、少し休んでいこ……」

神社だったら、腰を下ろせる場所くらいあるだろう。それに静かなところで休憩すれば、モヤモヤしていた気持ちも落ち着くかもしれない。

階段を上って境内に着くと、ここだけ空気が違うような厳《おごそ》かな空間が広がっていた。

「わ……。なんかほんとに、神様がいそうな感じ」

神社にお参りする経験なんて、人でにぎわう初詣《はつもうで》とか、観光客ばかりの修学旅行でしかなかったので新鮮だ。深呼吸すると、頭の中がクリアになる気がする。

せっかくだからお賽銭《さいせん》もあげてみよう、とお社《やしろ》に近づくと、おかしな空間に気づいた。

ちょうど境内の裏手側に、雑草も木も生えていない場所があるのだ。なんだか、秘密の抜け道みたいな。

「なにこれ」

近づき、木々の間を覗き見るようにすると、一本道が延びていた。しかもその左右には、古びた建物が整列している。どうやら家ではなく、店舗のようだ。

「こんなところに商店街なんてあったんだ」

通学路の途中なんて、コンビニくらいしか寄り道しないから知らなかった。

「なんか、楽しそう」

どうせ早く家に帰っても勉強しかやることがないし、探検してみるのもいいかもしれない。レトロな商店街なんてテレビで見たくらいなので興味がある。

わくわくして歩を進めたのだが、私はすぐに後悔した。雰囲気が妙なのだ。まず、ほとんどの店舗が閉まっている。ここまではまあ、いいだろう。定休日なのかもしれないし、つぶれてしまったのかもしれない。しかし、赤と白の提灯がお祭りのように下がっているのはどうしてなんだろう。本当にお祭りなのかもしれないけれど、それにしては質素すぎる。そして、たまに見かける解読不能の文字で書かれた看板。年季の入った建物とあいまって、タイムスリップしたか、異世界の商店街に来てしまったような感覚に陥る。

「いや、びびってるわけじゃないいし」

あまりにも人気がないから心細いだけだ、と自分を鼓舞《こぶ》し商店街を進んでいく。誰も見ていないのに強がってしまうのは私の悪い癖だ。

しばらく歩くと、シャッターの下りた店舗が続く中、やわらかな色彩が目に入る。クリーム色の壁に、木目の窓枠と扉がはめ込まれたそこは、昔ながらの喫茶店だった。

「こんなところに喫茶店……！」

しかも、看板が外に出ているので、ちゃんと営業中である。『純喫茶またたび』という店名らしい。〝猫の手も借りたい人へ〟という意味はよくわからないけれど、

『純喫茶』という響きがレトロでよい。

「入ってみようかな……」

店の前でうろうろしながら、窓の中をちらっと覗く。

実は私は、カフェや喫茶店といったものが大好きなのだ。カフェのバイトを選んだのも趣味と実益を兼ねている。SNSで人気のキラキラしたカフェも大好物だが、昭和チックな喫茶店にも興味があった。ただネックなのは、高校生のバイト代ではそう頻繁《ひんぱん》に通えないということだが……。

こっそりスクールバッグの中を探って、お財布の中身を確認する。

「うん、大丈夫」

ここのところ土日もバイト三昧で遊んでいなかったから、思ったよりお小遣いが残っていた。店長にも、『ほかのカフェに行ってみるのは勉強になるよ』と言われていたし、ここは勇気を出す場面だろう。

よし、と気合いを入れて扉を開けると、ドアベルがカランカランと鳴った。内装も、思った通り落ち着いている。

「いらっしゃいませ」

わぁ……。としばらく見とれていると、四十代くらいの低い男性の声が響いた。

店員さんの制服はどんなだろう、と店の隅っこに視線をやると、大きな猫が通路にモップをかけていた。

猫は、ぽかんとしている私に気づくと、口を開いた。

「掃除中ですみません。換毛期《かんもうき》は気をつけていても毛が落ちるもので……」

「……は？」

猫の手元をよく見ると、モップではなく柄の長い粘着テープだった。いわゆるコロコロだ。

黒い長毛の猫が、しゃべっている。身長は私より少し高いくらいだから、一六〇センチくらいだろうか。

「ゆうニャみ……いや、夕闇通り商店街へようこそ。私は『純喫茶またたび』の店主です。マスターとお呼びください」

ベストと蝶ネクタイをつけた渋い声の猫が、コロコロを持ちながらうやうやしくお辞儀をする。

「え……いや……」

「よかったらカウンター席へどうぞ」

私は混乱したまま、カウンター席にあるスツールに腰かけていた。

「猫……本物？」

本物のわけないのに、焦って変な質問を口走っていた。

「猫というか、猫又ですね。ほら、しっぽが分かれているでしょう」

マスターが自分のしっぽをつかんで見せる。リアルな着ぐるみだと思い込みたかった私の希望は消え失せた。

「えっ……。猫又って、妖怪……!?」

「人間の呼び方だと、そうなりますねえ。さ、メニューをどうぞ」

冷や汗だらだらの私の心境なんて意に介さず、マスターはメニュー表を渡してくる。私は授業で習った宮沢賢治《みやざわけんじ》の童話を思い出していた。もしかしてマスターは、喫茶店を構えて人間を誘い込み、やってきた人を食べる猫の妖怪なのでは……？

こういうときって、さっさと逃げたほうがいいんだろうか。とりあえず注文してから、隙をうかがうべきだろうか……？

猫マスターとメニュー表を交互に見ていたら、看板と同じ一文が目に入る。

『当店では、猫の手も借りたいお客様をお待ちしております』

どういう意味だろう……？　首をひねると、マスターが気づいて疑問に答えてくれた。

「この夕闇通り商店街は、ニャやみ……悩みがあって存在が不安定になった人間が訪れる場所なんですよ。私はそんな中で、猫の手も借りたがっているお客様に向けて喫茶店を開いているのです」

悩み。猫の手も借りたい。思い当たることばかりだ。それではこのマスターが、自分の手を貸してくれるというのだろうか。

「あ、あの。じゃあ、お代が『思い出』っていうのは……？」

「お金のかわりに、注文したメニューにまつわる思い出をお客様に話していただいております」

「そんなことでいいんですか……？　かわりに食べられろとか、言いませんか？」

「私はマスターです。お客様のご迷惑になる行為はいたしません。絶対に」

くりっとした黄色の目がじっと私を見つめる。嘘をついているようには見えなかった。

代金を取らないなんて、もしかしてこのマスターは、いい猫又なのかもしれない。さっきだって、わざわざお客様のために床を掃除していた。店舗を綺麗に保つ人はいい店長だって、私は自分の経験から知っている。そう考えると、ヒゲの模様の白い毛や落ち着いた物腰も、ダンディに見えてくる。

完全に信頼したわけではないが、今すぐあわてて逃げなくてもいい気がしてきた。それに、猫店長が出す飲み物や料理がどんなものなのか、ちょっと興味がある。

手書きっぽい丸っこい字のメニュー表を見ていると、ホットケーキが載っていることに気づいた。

「あの、これってホットケーキミックスを使っていますか」

「いいえ、小麦粉から作っていますよ」

その返事で、胸の中に幼い日の思い出がよみがえってきた。

「ホットケーキになさいますか？」

「あ、はい……」

「では作りますので、少々お待ちください」

二本のしっぽをゆらゆらと揺らして、マスターは厨房らしき場所に消えていく。

待っている間のサービスと言って、ホットコーヒーまで出してくれた。至れり尽くせりだ。猫又のお店じゃなかったら通っていたかもしれない。

この店オリジナルのブレンドらしいコーヒーに口をつける。少し苦みがあるけれど濃厚で、ミルクとお砂糖を入れるとちょうどよかった。小さいカップ一杯でも満足感がある。これがインスタントやコンビニコーヒーとの違いなのだろう。喉が乾いたときにはコンビニのアイスカフェラテを飲みたいけれど、ホッとひと息つくには喫茶店のコーヒーだ。

ミルクと砂糖を足して味の変化を楽しんでいると、丸いお皿に載ったホットケーキが運ばれてきた。

「お待たせしました。ホットケーキです」

「うわあ、おいしそう……」

ほかほか湯気をたてる、厚みのあるホットケーキが二段重ねになり、その上にぽってりした四角いバターが載せてある。メープルシロップは、別添えでシロップ入れに入っていた。はちみつじゃなくてメープルシロップというのがわかっている。バターはマーガリンで代用することもあるが、やはりバターの塩気と、溶けたバターがじゅわっと染み込んだところの食感は特別なのだ。

そして、この厚みが大事だ。小さいころ、ホットケーキの出てくる絵本を読み、ホットケーキが何段にも重なっている挿絵に憧れた。しかし、薄いといくら重ねても絵本のように高さは出ないのだ。

「この厚みのあるホットケーキが最高です！　家で作ると広がっちゃってなかなか厚くならないので」

テンションが上がり、興奮した口調で褒めると、マスターはうれしそうにヒゲをひくひくさせた。

「うちでは、銅の型を使って焼いているんです。そうすると厚みは出るのですが、そのぶんじっくり焼かないといけません」

「ああ、やっぱり型が必要なんですね。私だと中を生焼けにするか外側を焦がしちゃうかも」

こんなに、側面まで綺麗なきつね色にはならないだろう。

ホットケーキを見ているうちに、口の中につばがたまってきた。ごくり、と喉を鳴らしたあと、懇願するようにマスターを見つめる。

「冷めてしまうので、『思い出』は食べ終わってからでいいですよ」

私の食欲に気づいてくれたのか、マスターは肉球をそっとお皿に添えて促してくれた。

「じゃあ、遠慮なく……。いただきます」

メープルシロップをたっぷりかけ終わると、ナイフとフォークで上の段から切り分ける。ナイフを使うというのも、小さいころはお姫様になった気分で楽しかったっけ。おうちで簡単に作れる軽食なのに、こんなに特別感を与えてくれる食べ物なんて、ほかにないと思う。

口に入れると、表面のサクッとした食感のあとに、シロップの染み込んだふわふわした甘さが広がる。

「う～ん、香ばしくておいしい」

市販のホットケーキミックスを使うと、卵と牛乳の優しい味になるけれど、小麦粉から作ると香ばしさが増してより好みなのだ。

「小麦粉と砂糖、ベーキングパウダーの配合で味が変わるんですよ。シンプルな料理なのでよけいですね」

「配合……」

マスターの言葉で、私の脳裏にエプロンをつけた姉の後ろ姿がよみがえる。後ろで結んだ長い髪。慣れない手つきでフライパンとフライ返しを扱う様子。あのころの姉は今の私より背が低かったと思うが、私の目にはとても大人に見えた。私は『危ないからダメよ』と止められていた包丁や火を使っているのが頼もしく思えて、『早くお姉ちゃんみたいな大人になりたいな』と憧れていた。

あっという間にホットケーキを食べ終わり、残っていたコーヒーを飲む。口の中が甘くなっていたのでコーヒーの苦みがちょうどよかった。

「小さいころ、姉が小麦粉からホットケーキを作ってくれたんです」

カップを置くと同時に、私の『思い出』を話し始める。知っている人に家族のことを話すのは恥ずかしいけれど、マスターは知り合いでも人間でもない。今日会ったばかりの猫又なのだ。だったら、恥ずかしいなどと思わなくてもいい気がした。

たしかあの日は、土曜日のお昼だった。ホットケーキの出てくるお気に入りの絵本を読み返して、『どうしてもホットケーキが食べたい』とわがままを言ったんだっけ。

ホットケーキミックスがない、と訴えても諦めずにだだをこねていたので、姉は途方に暮れただろう。それでも、ネットで調べて小麦粉からホットケーキを作ってくれた。

「あのときのホットケーキ、すごくおいしかったんです。このホットケーキに負けないくらい。きっと姉も、私のために工夫してくれたんだ……」

配合ひとつで味が変わるなら、姉は私の好みに合わせてくれたのかもしれない。

「あ……でもそういえば、ホットケーキ以外にも私がわがままを言ったことがありました」

例えば、シチューの素がないときに小麦粉とバター・牛乳でホワイトソースを作ってくれたこと。たまたま家庭科の授業で習ったと言っていたが、それがかなり手間のかかる作業だと今の私は知っている。

あとは、大手コーヒーチェーンのフラペチーノがテレビで紹介されていたとき。『これが飲みたい』とわめくも、子どもの足で行ける範囲には店舗がなかった。それで姉は、『じゃあおかわりに』とアイスクリームからシェイクを作ってくれたのだ。フラペチーノではないけれど、グラスに入れてストローを挿してくれたので、私は大いに満足だった。

今考えると、私はまだ学生の姉に対してわがままを言いたい放題だった。それくらい、姉のことを『お願いを叶えてくれる魔法使い』だと思っていたんだ。

「お姉ちゃんってすごいな……。わがままで手のかかる妹のために、こんなに工夫していろいろお願いを叶えてくれていたんだ……」

遠くを見ながら、ひとりごとのようにつぶやく。私の話を聞き終えたマスターは、目を少し細めながらうなずいた。

「そんなに工夫していろいろ作ってくれたなんて、お姉さんは本当にあなたをかわいがっていたんですね」

「えっ」

予想外の返事に面食らう。

「でもそれは……しぶしぶやっていたんじゃ……」

私は決してできのいい妹ではないし、わがまま放題だったし、姉が『かわいい』と思う要素なんてひとつもない。

「本当にそうですか？　では、料理をしているときのお姉さんの表情は、どうだったでしょう」

「え、ええと……」

首をかしげ、ヒゲをぴくぴく動かしながらマスターに問われ、私は懸命に姉の姿を思い出す。

料理をしているときには、後ろ姿しか見えてなかった。しかし、ダイニングテーブルに座り、足をぶらぶらさせながら『おねえちゃん、まぁだ？』と話しかけると、『もうすぐだよ』と楽しそうな口調で返してくれた。そして、作り終わったあとは……。

「いつも、笑顔だった……。にこにこしながら、私が食べるのを見てた……」

私はどうして、こんなに大事なことを忘れていたんだろう。まぶたが熱くなって、じわっと涙が浮かんできた。

マスターがさりげなく、カウンターの上におしぼりを置いてくれる。

「私の飼い主もそうでした。市販のキャットフードがあるのに、わざわざ手作りで猫のごはんを作ってくれました。本当に大事な相手でないと、そんなふうに手間暇をかけられません」

懐かしそうに目を閉じるマスター。飼い猫だったのか……という驚きはさておいて、私は涙と一緒に目からウロコが落ちていた。

おしぼりを目に当て、涙が止まるのを待つ。赤くなった目を見られるのが恥ずかしく、スクールバッグを持ってそそくさと立ち上がった。

「ホットケーキ、ごちそうさまでした。遅くなっちゃうから、そろそろ帰らないと」

マスターはうやうやしくお辞儀をし、二本のしっぽをぴょこぴょこと動かした。

「おいしい思い出、ありがとうございました。また猫の手も借りたいときは、『純喫茶またたび』にお越しください」

外に出ると、思ったほど時間はたっておらず、まだ夕方だった。

「ずいぶん紳士的な猫又だったな……」

食べられるかも、と怯えていたのが嘘みたいだ。しかし、今日あった出来事を話してもだれにも信じてもらえないだろう。家に帰ったころには、自分でさえ『夢だったのでは?』と疑っていた。

ただ、夢だとしても、私は猫マスターを一生忘れないだろう。あやしい商店街に、あたたかい灯りのように建っていた『純喫茶またたび』と、優しくてキュートな店主のことを。


私は、たとえ姉が家にいなくても、せいいっぱい誕生日をお祝いしようと決めた。そして、今までの感謝を伝えるのだ。なんとなく恥ずかしくて『ありがとう』なんて改めて言ったことがなかったから。

そうと決まれば、いろいろやることがあった。プレゼントも用意しなければいけないし、サプライズもしたい。

「うーん、どうすれば喜んでもらえるだろう……」

サプライズの定番といえば誕生日ケーキだろうけれど、私には姉を驚かせるようなお菓子作りの腕はない。私が作れそうなスイーツで、感謝を伝えられそうなものと言ったら……。

「あっ、そうだ!」

うんうんと考えているうちに、脳裏にひらめくものがあった。ただこれは、私ひとりで完成させるのが難しい。バイト先の店長の手を借りられればよいのだけど……。

「あの、店長、お願いがあるんですけど……」

さっそく、次の日に店長に頼んでみた。ダメ元だったのに、店長は快《こころよ》くOKしてくれた。

「家族の誕生日を祝いたいなんて、感心じゃないか。そういうことなら、バイトが終わったあと少しだったら厨房を使ってもいいよ」

「ありがとうございます！」

私はその日からせっせと、〝あるもの〟を作る練習を始めた。最初はうまくいかなかったけれど、店長や先輩のアドバイスをもらって、だんだん成功するようになってきた。

帰りが今までより遅いので母から不審がられたけれど、『シフト時間がちょっと延びた』とごまかしておいた。母にバレると姉の耳にも入るかもしれないから、念のためだ。

さんざん迷ったプレゼントも用意できたし、あとは誕生日当日を待つのみだ。

姉の誕生日当日。もちろん私はアルバイトのシフトを休みにしていた。そして姉も、金曜日だというのにすぐ家に帰ってきてくれたのだ。

「おかえりなさい。今年は誕生日、友達と過ごすのかと思ってた」

手洗いうがいをする背中に声をかけると、姉はふふっと微笑んだ。

「誘ってはもらえたんだけど、断ったの。祐月がなにか準備してくれてるの、知ってたから」

「えっ……知ってたの」

私は少し驚いて、目を見開く。どこか抜けている姉のことだから、バレていないと思っていた。そして、私のほうを優先してくれたのも意外だった。

「当たり前でしょ。私だってちゃあんと、祐月のことみてるんだから」

ふふっという得意そうな笑みにひやりとしたが、肝心のサプライズについてバレている様子ではないのでひと安心だ。

部屋着に着替えた姉がダイニングに入ると、テーブルの上に並んだ料理を見て歓声をあげた。

「わ、すごい！　ごちそうじゃない！」

エビフライ、ジャガイモの入ったマカロニグラタン、サーモンのカルパッチョを添えたサラダと、ミネストローネ。あまり統一感はないけれど、姉の好物ばかりだ。

「祐月がだいぶ手伝ってくれたのよ」

ね？　と私の肩に手を置きながら、母が告げる。

「そっかぁ……。もう、こんなに料理できるようになったんだね」

姉は感慨深そうにつぶやいた。なんだかそれが、子どもの成長を喜ぶお母さんのような反応だったので、胸がじわっと熱くなる。

「じゃあできたてのうちに食べましょうか」

母のひと声で席につき、ほがらかな夕飯が始まる。料理は失敗もなくとてもうまくできたのだが、私はひそかにドキドキしていた。これからがメインイベントで本番なのだ。

「ごちそうさま。あ～おいしかった」

姉が箸を置いてお腹をさすったとき、私は母に目配《めくば》せする。昨夜のうちに根回ししておいたのだ。

「今年は私がバースデーケーキを作るから、リビングで待ってて！」

「えっ、ケーキ？　これから？」

「できたてじゃないと意味がないの！」

怪訝《けげん》な様子で席を立った姉の背中を押してリビングに移動させると、私はキッチンに行き、用意しておいた材料と向き合った。

さて――特訓の成果を見せるときが来た。

まず重要なのは、卵白をよーく泡立てること。それから、ほかの材料と混ぜる際に気泡をつぶさないこと。

フライパンに流し込む瞬間は緊張したけれど、焼き上がったものを見てホッとする。あとは急いでデコレーションすれば完成だ。

「できた！　早くこっちに来て！」

母に灯りを落としてもらい、目をぱちぱちさせる姉の前に運んだものは――。

「わあ、すごい！　これってパンケーキ？」

「うん。バイト先で練習させてもらったの。うちのカフェの看板メニューの、ふわふわパンケーキ」

二段重ねのマスカルポーネチーズ入りパンケーキに、ゆるく泡立てた生クリームを載せ、苺でデコレーションしたものだ。もちろんろうそくも挿してある。しぼむ前に食べてほしかったから、食事のあとに作るという手順を選んだ。

早めのテンポで『ハッピーバースデー』を歌い、姉がひと息でろうそくを消してから、ふたりに賞味してもらう。

「うわ、ふわっふわ……！」

「え、すごいわねこれ……。お店みたいじゃない」

姉も母も、笑顔でほおばりながら驚いていた。私も試食してみたが、しゅわっと口の中で溶ける食感まで、カフェのメニューを再現できていた。

ふわふわで口当たりが軽いので、食事のあとだというのに三人であっという間に食べきってしまう。

「また作ってほしいわねえ、これ」

母が足りない様子でそうこぼす。マスカルポーネチーズは家に常備されていないので、頻繁には作れない。

「今度はカフェに食べに来てよ。店長の作ったやつはもっとすごいんだから」

「じゃあお姉ちゃんと行くわ。ね？」

「うん。祐月のバイト姿見てみたいし」

「それはちょっと……。私が休みの日にしてほしい……」

友達がバイト先に食べにくるイベントでもけっこう恥ずかしいのに、家族が来るなんてやめてほしい。ふたりの「ええ～？」という抗議は無視した。

コホン、と咳払いし、「あのさ……」と神妙に切り出す。姉は「ん？」と返し、母も口を閉ざして私たちを見守っている。こんな緊張する空気は嫌なのだが、覚悟を決めるしかないだろう。

「えっと……。小さいころ、小麦粉でホットケーキを作ってくれこと、覚えてる？」

最初は「う～ん？」と考えていた姉だったが、記憶にあったらしく「うんうん」とうなずいた。

「そんなこともあったねえ。祐月、ホットケーキの出てくる絵本、大好きだったもんね」

「うん。だから……このパンケーキなら感謝を伝えられるかなって思って。誕生日おめでとう。あと、いつも面倒を見てくれてありがとう」

熱くなった顔をななめに背けながら、食器棚に隠しておいたプレゼントの包みを渡すと、姉は目を丸くした。

「えっ……プレゼントまで？」

「まあね……。バイトがんばったから、ちょっとふんぱつしちゃった」

姉がラッピングのリボンをしゅるりとほどく。中身は、ネイルポリッシュと口紅だ。ドラッグストアのものではなく、化粧品売り場のカウンターまで行って、店員さんと一緒に姉に似合いそうな色を選んだ。

「お姉ちゃん最近、コスメとか集めてるみたいだし。あ、ネイルは職場にもつけていけるようなベージュ系にしたから」

しばらくプレゼントを凝視していた姉だったが、瞳にじわっと涙が盛り上がり、「あ」と思う間もなく決壊した。

「ありがとう、祐月。パンケーキもこれも、最高のプレゼントだよ……」

「ちょっ……。なにも泣かなくても……」

まさかここまで感激されるとは思わず、私のほうがオロオロしてしまった。母は動じず「ふふふ」と笑顔で見守っていたのが謎だ。予想していたのだろうか。

涙が落ち着いたころ、姉が食後のお茶を入れてくれた。テレビをつけながらリビングで飲んでいたが、集中して見ている様子ではない。

「お姉ちゃんさ……私が小さいころ、毎日面倒みなきゃいけなかったでしょ。正直、ジャマじゃなかった？」

さっきは会話を中断されてしまったので、思い切ってたずねてみる。そうじゃないって今はわかっているけれど、緊張で唇が震えて、心臓がドキドキしていた。

「えっ、そんなこと考えていたの？」

紅茶を飲んでいた姉はゴホッと咳き込み、呼吸を整えてから聞き返した。

「もしかして最近よそよそしかったのって、それが原因？」

「サプライズに気づかれないようにしてたんだけど、それもちょっとあるかな……」

姉は怒った顔になり、「もう」と勢いよくため息をついた。

「逆だよ。歳の離れた妹がかわいくてかわいくて仕方なかったんだから、私。祐月が赤ちゃんのときなんて、離れるのが嫌で『学校に行きたくない！』って騒いでたくらいだし」

「えっ、そうなの？」

「そうだよ。祐月は覚えていないと思うけれど、沐浴《もくよく》とかオムツ替え、ミルクをあげるのだって『私がやるの！』って言ってお世話してたんだよ。祐月がなかなか泣き止まないときなんて、抱っこして家の中をお散歩したり、お歌を歌ってあげたり。お母さんはハラハラしていたみたいだけど」

「知らなかった……」

ぼうっとした気持ちで、私は姉の顔を見ていた。そんなの、母にも聞いたことがなかった。いや、聞いていても忘れていたのかもしれない。

「それだってすごく楽しくて、全然ジャマだなんて思ったことなかった。私がいい子にしていたから、神様がこんなにかわいい妹をくれたんだって。お母さんと神様ありがとう！　って感謝してたくらい」

「え、ええ～……」

今度は、私が涙を流す番だった。しゃくりあげながら、たどたどしく言葉をつなげる。

「お、お姉ちゃん、社会人になってからすごく楽しそうで……オシャレもし始めて綺麗になって……。本当は学生のときにそんな青春を送りたかったんじゃないかって、ずっと気がかりで……」

「祐月」

姉は側に寄って私の手を取り、微笑みながら私の泣き顔を見つめた。

「学生のころはオシャレより勉強のほうが楽しかったし、充実してたから後悔なんてないよ。それにあの……最近出かけることが多かったのはね、彼氏ができたからで……。同じ職場の人なんだけど」

「ええっ」

私の声で、「どうしたの」とキッチンにいた母が振り返る。姉があわてて「ちょ、ちょっと！　お母さんにはまだ黙ってて！」と唇に人差し指を当てる。私は「ごめん」と小声で姉に謝ってから、「なんでもない～！」と返した。

「もう……。そんなに驚かなくても」

「ご、ごめん。つい」

そりゃあ姉だっていい大人なんだから恋人がいたっておかしくないのだが、今まで恋バナなんて聞いたことがなかったからいきなりでびっくりした。

でも、そうか。だから土日出かけるときは、あんなにうきうきした様子でオシャレしていたのか。

「あれっ、じゃあひょっとすると、今日誘ってくれたのって……!?」

「うん、彼」

「よかったの？　せっかくの誕生日なのに断っちゃって」

「大丈夫。もともとお祝いは土日にしてくれるって言ってたし」

「はぁ～……。仲良くしてるんだね」

私の言葉で、姉はちょっと赤くなっていた。まだまだウブな姉を大事にしてくれているなら、私は彼氏さんになんの文句もない。

「それに、彼と仲良くなったのは祐月がきっかけなんだから」

「えっ、私？」

急に水を向けられたので、目をぱちぱちさせる。

「そう。社会人一年目の誕生日に、祐月からコスメをもらったじゃない？　リップトリートメントとハンドクリーム」

「うん」

そのころ姉はまだメイクに目覚めてはいなかったので、ケア系のアイテムをあげたのだ。

「それを使ってみたら彼に褒められて、それからお化粧にも気を遣うようになったの」

「そうだったんだ……。それじゃ私、恋のキューピッドじゃん」

「そうだね、祐月がいなかったら付き合っていなかったかもね」

そんなことはないと思うが、姉のきっかけになれていたならうれしい限りだ。姉は、はにかみながら言葉を続ける。

「実は彼にも歳の離れたきょうだいがいて、そこから話が弾んだのよね。結婚したら子どもが三人は欲しいねって話してて。そう思えたのは祐月がいたからだって思うの」

その瞬間、胸からさあっと、今までの心配が晴れた気がした。私の存在は、私のお世話をしていた過去は、姉にとって無駄じゃなかったんだ。

久しぶりに姉にもたれかかって、気恥ずかしさから下を向いて、つぶやく。

「お姉ちゃんが結婚して、甥っ子か姪っ子が生まれたら、今度は私にもお世話させてね」

「うん、もちろん。ありがとう」

きっとその日は遠くないんだろうなと感じる。姉にしてもらったたくさんのことは、いつか生まれる甥っ子や姪っ子、そして将来の自分の子どもにもしてあげよう。たくさんの工夫に満ちた料理と、あったかい愛情。それを伝えるのがきっと、家族愛をつないでいくことなんだって思うから。

＊　＊　＊

「今回のお客様は制服を着ていたので、もとから違うとわかっていました」

閉店後の『純喫茶またたび』で、床にコロコロをかけながらマスターはつぶやく。

「そこまで若いお客様は、あの店にはあまりいませんでしたからね……」

しっぽは力なく垂れ下がり、その声には少しの失望が含まれている。

「がっかりはしましたが、お客様のお役に立てたならなによりです。……掃除が終わったらお腹がすいてきました」

厨房に行き、自分のためだけにホットケーキを作る。バターが焦げる香ばしい匂いに、丸っこい黒い鼻をひくひくさせる。いい焦げ目がついた。

「まるで茶トラ猫の色ですね」

できあがったホットケーキとブレンドコーヒーをカウンターの内側に運び、モフモフのお尻をスツールに乗せると、器用にフォークとナイフを操って食べ始める。

「おいしいです。やっぱり焼きたては格別ですニャ」

気がゆるむとうっかり猫語が出てしまうが、閉店後はマスターではなくただの猫又なのだから気にしなくていい。

「コーヒーには、今日のお客様のように砂糖とミルクをたっぷり入れてみましょう」

マスターの特別な時間は過ぎてゆく。明日はどんなお客様が訪れるだろうか。

メニュー3

世代つなげるナポリタン

数年前、自分が新入社員だったときのことを、最近よく思い出す。買ったばかりのぴかぴかのスーツと革靴に身を包み、颯爽と肩で風を切って街を歩く。先輩のあとをついて外回りするだけでも、いっぱしの社会人になった気がしたものだ。

ランチのたびに、学生時代は行かなかったような店に連れていってもらえるのもうれしかった。ファストフードや牛丼屋ではなく、ビジネスマンが集まるような喫茶店や町中華、個人経営の洋食店。頼むメニューも、指導役の先輩のマネをしていた。なじみの喫茶店だと、決まってナポリタン。サンドイッチやドライカレーが食べたいときもあったけれど、そこはぐっとこらえてナポリタンとブラックコーヒーで締めるのが大人っぽいと思っていた。よく考えてみたら、ナポリタンは子どもにも人気のメニューなのだから、まったく大人っぽくないのだが。それだけ、先輩の姿は自分にはキラキラして見えたのだ。体になじんだスーツに、すらすら出てくる営業トーク。数年後は自分もこうなれると信じて疑わなかった。

それに、意外とナポリタンが置いてある店は少ないのだ。今時のカフェやパスタ屋にはひとりでは入りにくいし、ナポリタンがあるような老舗喫茶店にも、一見さんは入りにくい。なので、先輩と行く機会が貴重だった。

初任給が出て、今日は自分で払いますと申し出ても、先輩はランチをごちそうしてくれた。『俺と一緒のときは支払いを気にしなくていい。そのかわり、お前が先輩になったときに後輩におごってやれ』と言われ、はいっと大きく返事をした。その言葉を胸に深く刻み込んで生きてきた。

やっとあのころの先輩の歳に追いついたが、自分は先輩のようになれているのだろうか。僕は、後輩にランチをおごることさえできていない。

会社の時計が、十二時になる。ランチを控えた社員たちの表情がゆるみ、「今日はなにを食べる？」などの会話が聞こえる。張り詰めた空気がふわっとやわらかくなるこの瞬間が、僕は好きだ。

「森田《もりた》、今日も外で昼飯か？」

同期が、ネクタイをゆるめながら近寄ってくる。僕も、パソコンの状態をスリープにして画面を閉じた。

「ああ、そのつもり」

「じゃあ一緒に行こうぜ」

財布とスマホをポケットに入れて立ち上がる。定食屋にしようか、それともそば屋かと話していたところ、廊下を歩いている男子社員に出くわした。小柄な体格とサラサラの髪の毛から、後輩の熊川《くまかわ》くんだとわかる。最近の若者らしく、見た目に気を遣っていて清潔感のある子だ。

「あ、熊川くん。よかったら一緒にランチどうかな？」

「あ、いえ……。自分は大丈夫です。お気遣いいただいてすみません」

さりげなく声をかけたのだが、怯えたような顔をされて慌ただしく去られてしまった。逃げるようにしなくてもとがめないのに……と少しショックだった。

同期も気まずさを感じたのか、「まあ、そういうときもあるよ」とフォローしてくれる。

「でも彼、森田の直属の後輩だよな？」

「うん」

新入社員としてうちの会社に来て、約半年。この秋から僕が、彼の指導役についた。仕事中は、内勤の専門的な業務を教えている。

「外で、ひとりで食べるのかな？　それともコンビニかな？」

それは、僕も気になった。外に向かって走っていったけれど、彼はひとりだったから。というか、彼がだれかと連れだってランチに出かけているところは見たことがないような。

「さあ……。そこまでは」

「おいおい、ちゃんと気にかけてやれよ～。周りになじめてなかったらかわいそうじゃん」

「……そうだな」

同期の軽い言葉に、『ちゃんと気にかけているよ！』と叫びたくなった。

実は熊川くんのことは、何度もランチや飲みに誘って断られているのだ。最初から先輩とマンツーマンでは気を遣うと思い、部署内での飲み会や、今日みたいに同期とランチを取るときなどに『一緒にどう？』と声をかけている。彼と仲良くしたいのはもちろんだが、早く部署にもなじんでほしいという思いからだ。でも、返事はいつもノー。

熊川くんはおとなしくてあまり自分を主張しないタイプなので、まだ慣れていないのかな、といいほうに考えようとするが、『もしかして僕のことが苦手なのでは』という懸念も拭い去れない。何度も断られるのは、だれだってこたえる。

それが気になって、指導にあたるときも話しかけづらく、態度がよそよそしくなってしまう。こんな調子ではいけないと思うのだが、ほかに後輩との距離を縮める方法を知らない。ほかの人はどうしているのだろう。モヤモヤしたままランチに食べたおろしそばは、好物のはずなのになかなか喉を通らなかった。

終業間際、『よかったら今日飲みに行かないか？』とメールが入る。新入社員時代の先輩からだ。先輩は僕を育ててあげたあと別の会社に転職してしまったので、飲みに行く機会もあまりない。誘ってもらえたのがうれしくて、僕は『ぜひぜひ！』と前のめりで返事をする。ちょうどだれかに、後輩のことを相談したかったのだ。


「先輩はうまくやっていたのに……。いざ自分が指導役に回るとうまくできないんです」

個室飲み屋の一室。まだ飲み始めて三十分くらいなのに、僕は酔って愚痴をこぼしていた。テーブルの上には、頼みはしたものの手の付けられていないおつまみが並んでいる。先輩は、大根おろしを乗せた明太子《めんたいこ》入りの卵焼きをつまみながらハイボールを飲んでいる。あのころより白髪が増えたが、先輩は今でも若々しい。いつ会っても活力にあふれているところは見習いたいものだ。

「ふうん。あ、森田、この手羽先もらっていいか？」

「……どうぞ」

「お、甘辛くてうまいな」

はぐらかされたのかと一瞬ムッとしたが、先輩は手羽先を食べたあと神妙な顔になった。

「まあ、最近の若い子は俺たちとは価値観が違うもんな。仕事よりプライベートを大切にするというか……」

「そうですよね。全体的にそんな感じです」

アラサーの僕たちはギリギリ〝旧世代〟という気がする。若い子たちとは、文化も価値観もなにもかも違う。青春時代にはやっていた音楽さえ、まったくジャンルが異なるのだ。

「うちも、部署全体の飲み会に若い子は来なかったりする。それは俺も、社会人としてちょっとどうかと思うよ」

「わかります」

僕は「うんうん」とうなずく。

「森田が悪いわけじゃないんだから、あまり気にしなくていいんじゃないか？　新人として、仕事をちゃんとやってくれているならほかのことはノータッチでいいと思うぞ」

「そうですよね」

ホッと、肩の力が抜ける。そうだ、これは仕方ないことなんだ。だって、向こうが歩み寄るのを拒否しているのだから。会社の業務に支障がなければ、放っておいていいんだ。

「なんか、深刻に考えていたみたいです。やっとお腹がすいてきました」

「おう、食え食え」

先輩は、店員を呼んでハイボールをおかわりする。僕も生ビールを頼んだ。

やっぱり、だれかと食事するのは楽しい。家でひとりでコンビニ弁当を肴に飲んでいても、むなしい気分になるだけだ。こんな楽しいことを避けて通る熊川くんの気持ちは僕にはわからない。

「いろいろ相談に乗ってもらったのに、おごっていただいてすみません」

「気にするな。俺から誘ったんだから」

すっかりお腹も満たされ、アルコールで顔が赤くなったころ、居酒屋の外に出る。冷たくなってきた秋の空気が、ほてった体に心地よかった。

「明日も仕事だから、二次会はナシな。今度は金曜日に誘うよ」

「はい、ぜひ。ごちそうさまでした」

解散し、電車に乗って帰るうちに、酔いが徐々に醒《さ》めていく。電車の窓からぼうっと夜の景色を眺めていると、さっきまでの楽しい気持ちが遠くに行って、冷静になってきた。そうすると、モヤモヤとした感情が胸に湧き起こる。

『若い子とは価値観が違うから仕方ない』そんな耳触りのいい言葉に思わず同意したけれど、先輩だったら後輩ともうまくやるんじゃないか、熊川くんと仲良くなれないのは自分の問題なんじゃないか、と。

その予感が、的中してしまった。『もっと気にかけてやれよ』と軽口を叩いていた同期と熊川くんが、親しそうに会話しているのを目撃してしまったのだ。

休憩室の自動販売機の前で、同期が熊川くんにコーヒーを差し出している。熊川くんはいつものようにこわばった顔でぺこぺこと頭を下げているが、同期がひと言ふた言なにかを話しかけたら、仕事中には決して見せないような表情で笑ったのだ。

毎日指導していても、僕は熊川くんのそんな表情を見たことがなかった。同期には心を許していますと言わんばかりの、あんなやわらかい笑顔なんて。

こんなに毎日心を砕いて接しているのに、どうして同期だけに——。ショックのあとに、悔しい思い、やるせない思いが渦を巻いて襲ってくる。

僕は同期に「おい」と肩を叩かれるまで、その場で呆然と立ち尽くしていたようだ。

「森田、どうしたんだよ」

「あ、ああ……。ずいぶんと熊川くんと仲良くなったんだね」

「いや、この前ちょっと気にかかったから、見かけるたびに声をかけるようにしていただけだよ」

同期はなんでもないことのように、手に持っていた自分用のコーヒーのプルタブを開けた。

それだけで――？　声をかけるだけなら、僕だってやっているのに。なのにどうして僕は拒絶されて、同期には懐くんだ。

僕と同期の間には決定的な差がある、と見せつけられたようで、唇をかむ。

「あの子と仲良くなるの、大変じゃなかった？　僕もけっこう苦労してさ……。最近の若い子ってなに考えているのかわからないよね」

こんなこと、言うつもりじゃなかった。でも、自分を正当化するための言葉が、思わず口から出てしまったんだ。熊川くんを揶揄《やゆ》することで、自分は悪くないのだと同期に示したかった。

「お前さあ……」

同期は、片眉をぴくっと上げたあと、はあーっとため息をつく。

「若い子としてひとくくりにするんじゃなく、熊川くん個人として見てやれよ」

「なんだよ、それ……」

にらみつけた僕を一瞬気の毒そうに見て、同期はなにも言わずに去ってしまった。

「なんなんだよ、ほんとに……」

仕事では後れを取っているわけじゃないのに、人間としての〝格〟の違いを見せつけられた気がした。あいつは、自分が指導役じゃないからそんなふうに言えるんだ。僕だって第三者だったら同じようになれた。熊川くんだって直属の先輩じゃないから、きっと気を許せたんだ。

「ああ～、キッツいなあ……」

数日後、外回りに出ていても、僕はその出来事を引きずったままだった。あのときはカッとなってしまったけれど、落ち着くと同期の言葉が染み込んでくる。

「やっぱり、僕にどこか問題があるから、熊川くんとうまくいかないんだろうな……」

先輩として頼りないとか、話しかけづらいとか、きっといろいろ原因はあるのだろう。今まで性格がキツいと言われたことはないし、むしろ穏やかなほうだと思っていたが、それはたまたま、指摘される機会がなかっただけかもしれない。現に、同期に正論を言われただけで感情的になってしまったんだ。

「こんな機会でもないと自分を振り返らないから、よかったのかもしれないな……」

取引先を回り終えたころには夕陽が落ち始めていた。いったん会社に戻ろうと思っていたが、直帰すると決めて連絡を入れる。メールの返事を待っている間に、道の先の小高い森のようなものに気づいた。

「なんだ？　あれ……」

近づいてみると、森ではなく古びた神社だった。境内の周りを囲むように生えている木が、手入れもされず伸びっぱなしだったので森のように見えたみたいだ。

ふだんビル街と自宅を往復していると、こういった自然が恋しくなる。僕は『参拝しよう』と考え、スーツを脱いで腕にかけると、神社の石段を上っていた。

「はぁ～、落ち着く」

神社の敷地内は、木々の落とす影のせいで外界よりも一段薄暗くて涼しい。深呼吸すると、肺の中がマイナスイオンで満たされる気がする。

「やっぱり、たまには自然と触れあわないと人間ダメになるよなあ」

会社と自宅、居酒屋と定食屋。最近の僕の行動範囲は、それプラスコンビニくらいだ。こんな不健康な生活を送っているから、仕事でもくよくよと悩んでしまうんだ。釣りや登山など、アウトドアな趣味を持ったほうがいいのかもしれない。

「ま、今日はとりあえず参拝だな」

お社に向き合いお賽銭を入れ、『少しでも後輩との関係がよくなりますように』と願をかける。あとは『憧れの先輩の姿に少しでも近づきたい』だ。神頼みでどうにかなる問題だとは思っていないが、気休めにはなる。

参拝が終わったちょうどいいタイミングで、直帰してOKとのメールが届く。

『じゃあ早めに帰るか』と顔を上げたところで、僕は景色に違和感を覚える。

「なんだ……？」

一瞬考えたが、答えはすぐにわかった。境内の裏あたりに、草も木も生えていない、ぽっかりと拓けた一角があるのだ。なんだか、秘密の抜け道のようなたまたまできたけもの道だろうか、と近寄ってみる。すると、けもの道ではなく砂で固められた一本道が延びていた。

「えっ……」

しかも、道の先には商店街のようなものが見える。なんでこんなところに、商店街に続く道があるんだ？　なんだかおかしい。

「いやいや、考えすぎだろ」

もともとあった道の上にこの神社が建っただけだろう。そうに決まっている。

昭和の名残を感じさせる商店街からは異様な雰囲気が漂っていたが、僕は自分の不安を払拭するために足を進めた。

そこはシャッター商店街だった。きっと、だいぶ昔にさびれてしまい、そのまま建物だけ残ったのだろう。中華風の建物や、読めない文字の看板が見えるので外国人も多かったのだろうか。しかし、赤と白の提灯が下がっているのはどうしてだろう。まだ営業している店も存在するのだろうか。

「ん？」

そんなことを考えて歩いていたら、外に看板の出ている喫茶店を見つけた。どうやら灯りもついているみたいだ。しかも、老舗喫茶店という佇まいが、先輩がよく連れていってくれた喫茶店に似ているのだ。

「ええと、純喫茶またたび……？」

猫の手も借りたいお客様、というのがよくわからないが、小腹もすいているし入ってみよう。ここ最近は、喫茶店でランチを取ることも少なくなっていたから、重めの扉を開ける感覚も久しぶりだ。

中に入ると、内装もレトロで『そう、これこれ！』とうれしくなった。喫茶店に求めているのは奇抜さではなく落ち着けるかどうかなので、懐かしさを感じるくらいがちょうどいい。

「いらっしゃいませ」

僕が喫茶店特有のゆったりした空気を吸い込んでいると、低めでよく響くいい声が聞こえた。『おっ、こんな渋い店員がいるなら期待できるぞ』とダンディな中年男性の姿を思い浮かべて声のする方を向くと、そこには大きな猫がいた。

「えっ……？」

黒くて長毛の、ベストと蝶ネクタイをつけた猫が、カウンターでかつお節を削っていた。今ではあまり見ない、木材のように硬いバナナ型のかつお節と、かんながけのように使うかつお節削り器だ。

「ちょうどだし汁用のかつお節を削っていたところですみません。こちらへどうぞ」

「あ……はい……」

テーマパークにでも来たのかと勘違いするような光景だが、僕は素直にカウンター席に座っていた。あまりにも予想外の出来事に遭遇すると、かえって冷静になるらしい。

「私は『純喫茶またたび』の店主です。マスターとお呼びください」

胸に手を当て、うやうやしくお辞儀をしてくれる。喫茶店店主というより執事のような物腰のマスターから、かつお節の香りがふわりと漂った。

「あの、ずいぶん精巧な着ぐるみですね……。店名がまたたびだから、猫の着ぐるみなんですか？」

目や鼻、ヒゲまで動く着ぐるみなんて初めてみた。中に機械でも入っているのだろうか。

「猫ではありません。猫又です」

「え、ああ……。ほんとだ」

マスターがわざわざ手で持ち上げて、二又に分かれたしっぽを見せてくれる。どちらでも同じだと思うが、どうやらそこがこだわりらしい。

「なるほどなるほど。そういう設定なんですね」

「……メニューをどうぞ」

僕の反応にマスターはなにか言いたげだったが、黄色い目を細めただけだった。かわりに、手書きのメニュー表を渡してくる。コーヒーや紅茶のほかに少しだけ軽食がある、オーソドックスな喫茶店のメニューだが、おかしな一文が目に入った。

「あの、お代が『思い出』というのは……？」

「当店では、お金のかわりにお客様のメニューにまつわる思い出をお聞きしています」

なんだそれは。なにかのキャンペーンかと思ったが、そうではないらしい。

僕は、この店に入ったことを後悔していた。着ぐるみに、変なメニュー。こんな人が来なそうな商店街に店を構えているのだから、店主がまともなわけなかったのだ。

ただ、ここまで来ておいてなにも注文せずに帰るのもしゃくだ。

「じゃあこの、ナポリタンをお願いします」

「かしこまりました」

猫又を装ったマスターに、思い出くらい話してやろうじゃないか、という気になっていた。もし変なものを出されたら、その時点で帰ればいい。

しばらくたつと、裏からじゅっじゅっという炒め物の音と、ケチャップのいい香りが漂ってきた。音と匂いで、『あっ今ゆで汁を入れたんだな』とか『パスタとあえているんだな』とわかる。つばが口の中にたまってきて、喉がごくりと鳴った。

「お待たせしました」

猫マスターは、さっきと変わらない着ぐるみ姿でやってきた。調理中は着ぐるみを脱いでいただろうから、すごい早着替えだ。

ことり、とカウンターに置かれたのは湯気のたつ真っ赤なナポリタンと、ホットコーヒー。

「あれ。コーヒーは頼んでないんだけど」

「こちらのブレンドコーヒーはサービスです。麺が伸びてしまいますので、『思い出』は食べ終えてからでいいですよ」

「じゃあ遠慮なく……」

僕はフォークを取り、ケチャップでつやつやのスパゲッティーを絡める。具は、ハムと玉ねぎ、ニンジンとピーマン。ウインナーやベーコンではなくハムが入っているのが『わかっている』感じだ。燻製肉だと本格的な味にはなるが、スモーキーさが出るのだ。ハムだと味が甘めになり、僕はそのチープさが好きだった。

フォークを口に運び、はみだしたスパゲッティーをちゅるんとすする。

「あっ、うま……っ」

野菜とハムのうまみと、ケチャップの味が溶け合っている。麺もアルデンテではなく、しっかりゆでてあるのが僕好みだ。なんの変哲もないシンプルさが、悔しいけどうまい。それだけでこの妙なマスターに対する信頼度が上がってしまうような、そんなナポリタンだった。

一気に食べ進める僕を、マスターは鼻をひくひくさせながら見ている。しっぽも少し揺れていた。

「はー、うまかった。ごちそうさまでした」

僕はカウンターに備えられた紙ナプキンで口元を拭き、ブレンドコーヒーをブラックのままごくりと飲んだ。こっちは少しスモーキーさがあって、甘めのナポリタンを食べたあとにバッチリ合う。

「コーヒー、どうですか？」

ナポリタンを食べている間には口を挟まなかったマスターが、そわそわした様子でたずねてくる。

「ああ、うまいです。ふだん飲んでいるインスタントより重厚な味がするなあ」

「そうですか」

なぜか、がっかりしたような口ぶりだった。耳も少しぺたんと折れている。褒めているのにな、と不思議な気持ちになる。

「お好きなんですか？　ナポリタン」

マスターが、完食されたお皿をちらっと見る。我ながら綺麗に食べたものだ。

「昔、職場の先輩によく喫茶店に連れていってもらったんです。そのときから好きなんですよね、ナポリタン。ああそういや、あの喫茶店も具がハムだったたなあ……」

「昔はスパゲッティーといえば、ナポリタンかミートソースくらいしか選択肢がなかったそうなんです。人間で言う、昭和の中頃の時代の話ですが」

「へえ、そうなんですか」

親にそんなことを聞いたような気もする。カルボナーラもボンゴレもない時代なんて想像できないが、今だってナポリタンばかり食べているのだから、僕はその時代でも食に不自由はしないかもしれない。

「そのころはベーコンなんて入れられなかったからハムを使っていたのだと思うのですが、それが今の時代の人にも受け入れられているなんて面白いですよね。食べ物のおいしさと同じで、世代が変わっても変わらないものがある——まあこれは、私の飼い主の受け売りですが」

マスターが、少し照れたように自分のヒゲをなでる。模様のヒゲではなく、猫のヒゲのほうだ。

「世代が変わっても……」

その言葉に、ハッとした。思い出した古い記憶があったからだ。

僕は大学生のころ、老舗の喫茶店にひとりで入ってみたことがある。大学の近くの店で気になっていたのだが、ひとりで突撃するにはハードルが高く、入学してから足を踏み入れるまでに半年くらいかかってしまった。

ドキドキしながら店に入り、空いている席に座ったのだが——待っていたのは、周囲の常連客からの白い目だった。

そこがたまたま、年配の常連客の多い店だったから、ひとりで来た大学生がひやかしのように感じられたのかもしれない。店員の接客は丁寧だったが、居心地が悪くてコーヒーを一杯飲んだだけですぐに店をあとにした。本当は軽食も食べてみたかったし、文庫本を読みながら二杯目のコーヒーを味わいたかった。

そのとき思ったのだ。『どうして老人は、若者というだけでひとくくりにするんだろう』と。自分は周りのミーハーな大学生とは違い、渋い喫茶店をたしなめるんだ、という変なプライドもあったのかもしれない。

今まで忘れていたがたしかに、僕にも『若い世代にはわからない。どうせ価値観が違う』と決めつけられることに憤っていた時代があったのだ。すぐに『今の若者は～』という愚痴が飛び出すメディアも大嫌いだった。

「僕は……あんなに嫌だった大人たちと同じことをしていたんだな……」

熊川くんを『若い子』とひとくくりにして安心していた。熊川くん自身を見てはいなかったんだ。同期の忠告の通りだった。

「なにか、後悔があるようですね」

顔を両手で覆う僕に、マスターが優しい目を向ける。

「実は――」

僕は、ここ最近の出来事をすべて、マスターに打ち明けていた。「なるほど……」とつぶやいたあと、マスターはふたつの肉球を合わせて静かに話し始める。

「私にも似たような経験がありますよ。人間を信用できない時期があり、優しくしてくれた人間にもうなって、牙をむいていたのです」

「あなたが、ですか」

まるで本当の猫であるかのような口ぶりだが、どちらにせよマスターにもとがっていた時代があっただなんて意外だった。

「変われたのは、それでも保護してくれた飼い主がいたからです。あなたにとってそれは、後輩さんにあたるのではないですか？」

「熊川くんが、変わるきっかけをくれたということですか……？」

たしかにここに来る前も、こんな機会でもないと自分を振り返らなかった、と考えていた。大学時代の記憶を思い出すことも、きっとなかっただろう。

「学びを与えてくれる人物がすべて目上の立場ではないと思います。私が子猫に学ぶこともあるでしょう」

「それは……たしかに、そうですね」

結婚し、子どもが生まれてから性格が変わった上司もいる。ペットを飼ってから丸くなった同僚も。僕が後輩から価値観を変えられても、なんの不思議もない。

「そして、それに気づいたあなただからこそ、『先輩』と違うやり方もできるはずです。人間の優しさに気づけた私が、こうして喫茶店を開いているように」

しみじみと、昔を思い出すようにマスターが語る。

「先輩とは、違うやり方……」

今まで僕は、いかに先輩に近づくかしか考えていなかった。でも、そうだ。なにも完全に先輩をマネしなくてもいい。先輩になろうとしなくたっていいんだ。自分の上司だって全員性格が違うのに、どうしてそこに気づかなかったんだろう。

「なんだか、すっきりした気持ちです」

ナポリタンを食べ終えたときの満足感とは異なる高揚感に満たされていた。今なら、熊川くんにちゃんと向き合えそうな気がする。

「そろそろ帰ります。あの、お代の『思い出』は……」

「もう、いただいておりますよ」

「じゃあ、ごちそうさまでした。あと、猫の手も……、ありがとうございました」

メニュー表に書いてあったけれど、うさんくさすぎてスルーしていた一文。『猫の手も借りたいお客様をお待ちしております』——。僕はまんまと、マスターの手を借りていたというわけだ。

店の外に出ると、空がオレンジ色に染まっていた。入る前もこのくらいの暗さだった気がするけれど、気のせいだろう。

「あのマスター、本当に猫又だったのかもしれないなあ……」

来た道を引き返しているうちに、なんだか化かされたような気になってきた。

「まあ、それでもいいか」

うまいナポリタンを食べられて、悩みまで軽くしてもらえて。マスターの正体だなんて、ささいな問題だ。

「さあ、帰るぞ。明日からまた仕事だ！」

神社の石段を下りたあと、僕は大きく伸びをした。


次の日から、僕は熊川くんへの接し方を変えた。ランチや飲み会に行かなくても、おいしいもので心がほぐれるのはどの世代でも共通だと考え、休憩時間にお茶やコーヒーを差し入れたり、お菓子を渡したりしてみたのだ。すると不思議なもので、熊川くんの反応から好みがわかったり、ふだんの何気ない会話も耳に入ってくるようになったのだ。例えば、旅行に行った社員がご当地のお菓子を差し入れしたときに、『これ好きなんです』と話しているとか、実はコーヒーより紅茶のほうが喜ぶとか、そんな感じだ。

そうして少し打ち解けたころには、休憩室で歓談できるようになった。今までは飲み物を渡すだけだったが、『今から休憩するから一緒にどう？』と誘えたのだ。

休憩時間を共にすると、少しずつ彼の内面がわかってくる。ぽつぽつと、自分のことを話してくれるようになったのだ。物静かなタイプだと思っていたのだが、アウトドアな趣味を持っていたのは意外だった。休みの日は釣りや登山に出かけているらしい。ちょうど僕も自然と触れあう趣味を持ちたいと思っていたから、いろいろとアドバイスしてもらった。

彼は聞き上手なので慣れればとても話しやすく、年齢差を感じさせなかった。今までぎこちなかったのが嘘みたいだ。仲良くなるのに世代は関係ないのだと、改めて痛感した。

そんな関係がしばらく続いたあと、僕は彼から驚きの事実を聞くことになる――。

「実は僕、だれかと一緒に食事するのが苦手なんです」

それは休憩室で一緒にお茶を飲んでいたときのこと。熊川くんは微糖のストレートティーで、僕はあたたかいほうじ茶だ。びっくりして、休憩のおともにしていたチョコレート菓子をぽろっと落としそうになった。

「えっ、そうだったの？」

頭の中が混乱していた。彼はあの時点では、僕に気を許していなかったから断っていたのではなかったのか。

「はい。森田先輩の誘い、何度も断ってしまっていたから、いつか話すつもりだったのですが……遅くなってすみません」

「いいよいいよ、そんなこと。それより、打ち明けてくれてありがとう」

熊川くんは安心したように息を吐き、詳細を話してくれた。どうやら、子どものころ小食で、給食のたびに先生に怒られていたトラウマのせいか、会食が苦手になってしまったらしい。成長してからも、だれかと外食しても緊張して味を感じなかったり、食事とおしゃべりのどちらに集中したらいいかわからず、苦痛なのだそうだ。

もしかして、だから釣りや登山が趣味なのだろうか。どちらもひとりで行えるし、周りに人がいなければひとりで食事できる。

「それは、誘われるのもつらかったよね……。ごめん」

きっと学生時代も社会人になってからも、僕のような人間からの誘いを断るたびに気まずい思いをしていたんだな……と想像すると申し訳なかった。

「いえ、そんな……！　誘っていただけたのはうれしかったんです。それに……」

食べること自体は嫌いではなく、家族や、一部の親しい友人とだったら一緒に食事をしても大丈夫だと教えてくれた。

「今だったら森田先輩とも食事に行けると思うんです。こうしてお茶しながらお菓子を食べていても、とても楽しいですし」

「えっ、本当？」

「はい。ぜひ今度おすすめの店に連れていってください」

熊川くんは、あの日同期に見せていたようなリラックスした表情で微笑んでいた。僕はハッとなり、気づく。僕は僕なりのやり方で、彼の信頼できる『先輩』になれたのだと。

なんだか涙が出そうだったが、変な誤解を受けそうなのであわてて明るい声を出す。

「だ、だったらさ、ナポリタンのおいしい喫茶店があるんだけど、どうかな？　もし好きだったら……」

「あっ。ナポリタン、大好きです。喫茶店のナポリタンってレトロでいいですよね」

熊川くんはぱあっとした笑顔で返す。喫茶店の〝趣《おもむき》〟を理解している彼の言葉にうれしくなる。

「おっ、わかる？　昔はパスタって、ナポリタンとミートソースくらいしかなくてね……」

僕はつい、マスターに教えてもらったうんちくを披露していた。熊川くんは「へー」と感心した表情でうなずいている。

最後まで、マスターには猫の手を借りっぱなしだ。もうあの店に行くことはないだろうが、これからもナポリタンを食べるときには、僕は必ず思い出すだろう。かつお節の香りがするモフモフなマスターのことを。

＊　＊　＊

ぴかぴかに磨かれた厨房で、寸胴鍋《ずんどうなべ》がぐつぐつと湯気をたてている。ゆでられているのは、ひとりぶんのスパゲッティーだ。隣のコンロでは、マスターがナポリタンの具を炒めている。

「ハムもベーコンもおいしいですが、私はあえて魚肉ソーセージで。そして玉ねぎも抜いておきましょうか……。食べられるようになっても、猫時代の刷り込みが消えませんねえ。あと、切ると目がしょぼしょぼするのも、どうにかならないでしょうか」

ひとりごとをつぶやきながら、てきぱきと調理を進めていく。具材を炒め終わったらケチャップとゆで汁を投入し、ゆでたスパゲッティーと絡めて完成だ。麺も少し炒めると香ばしくておいしい。

できあがったナポリタンをカウンターに持っていくと、マスターはフォークを取り出した。

「今回のお客様は喫茶店に詳しそうでしたが、やはり違いましたね。しかしあの食べっぷりは見事でしたねえ。ケチャップ味のものって、だれかが食べていると自分も食べたくなるのはどうしてなんでしょう」

肉球を使って、上手にフォークにナポリタンを巻きつけていく。しかし、食べ終わるころには白いヒゲ模様が赤く染まっていた。

「ニャニャ、毛にケチャップがついてしまいました。まあ、今はだれもいないですし、ちょっとくらいお行儀が悪くてもかまいませんよね」

マスターはきょろきょろと周りを見たあと、ケチャップの残ったお皿をぺろりとなめる。何度か繰り返すと、お皿はすっかり真っ白になった。

「好物のときはこれをしないと落ち着きませんねえ……」

うんうんとうなずきながら綺麗になったお皿を見て、マスターは満足そうに前足で顔を洗い始めた。

メニュー4

ふるさとで待つピザトースト

ピピピ、と目覚ましが鳴り、薄暗い１ＤＫの部屋で目を覚ます。体が重くてベッドから出たくないけれど、起床が五分遅くなると身支度の時間が足りなくなるので、もぞもぞと這い出す。ギリギリまで寝ていたいので、朝食・身支度・通勤時間を最短で計算して目覚ましをかけているのだ。

　朝ごはんはトーストとコーヒー、ヨーグルト。お腹がすいているわけじゃないけれど、食べないとお昼までもたないので、義務的に口に運ぶ。

　バターを塗ったトーストをかじりながら、子どものころ、朝ごはんはもっと特別だったよなあ、とふと思う。こんな、ぼうっとしたまま味もわからず食べるようなものじゃなかった。

　好きだったメニューは今でも思い出せる。前日のすきやきの卵とじ、二日目のカレー、お母さんが缶からあったためてくれたコーンスープ、焼き鮭がごろっと入ったおにぎり、チョコレート味のシリアル。残り物のアレンジから洋食和食・甘いものまで。一日の食事の中で、朝食が一番バラエティ豊かで自由だった気がする。朝食に好物が出ると、午前中の授業に苦手な教科があってもがんばれたっけ。

「でも、一番好きだったメニューって、なんだっけ……」

　単調に口を動かしているうちに味気ない朝食を食べ終えたので、私は思い出すのを途中でやめ、通勤着に着替え始めた。

朝の満員電車に揺られ、都心のオフィスに着く。元気に「おはようございます」と挨拶しても、力のない返事がいくつか帰ってくるだけ。どうしてこの人たちは、仕事が始まる前から疲れているんだろうと不思議に思い、あっ自分も同じだっけと気づく。

パソコンの電源を入れると、灰色のオフィスにそぐわない軽やかな音が鳴って、画面が立ち上がった。ここから定時まで、頭痛と腰痛と肩こりに耐えながら、ひたすら頭と手を動かす作業だ。

茨城の実家から出てきて、十年。仕事のルーティンも十年間ずっと変わらない。楽しくて仕事をしているわけじゃなくて、働かないと食べていけないだけ。そりゃあ、やりがいを感じる瞬間も、褒められてうれしいこともあるけれど、それだけ。この仕事を定年まで続けるのだと考えると気が遠くなる。あと三十年弱も、同じ生活を繰り返すのかって。

アパートに帰ると、実家から荷物が届いていた。ずしりと重かったので、中身は想像できる。大きな段ボールを開けると、茨城県産の米や秋野菜、備蓄できる食料が入っていた。とてもうれしいのだが、私は何本も入っていたサツマイモを手に取ってため息をつく。

「うわ、サツマイモとゴボウ、ひとりじゃこんなに食べられないって……ジャガイモも……」

米は長持ちするからいいが、野菜はそうはいかない。母は私をまだ小さな子どもだと思っているのか、頻繁に食べ物を送ってくれる。それはありがたいのだけれど、いつも消費しきれないくらいに量が多いのだ。一度電話で『量が多すぎるよ』と伝えたものの、『若いんだから食べきれるでしょ』と取り合ってもらえなかった。夏、トマトが大量に送られてきたときは、トマトソースにして冷凍できたのだけれど、根菜類は冷凍するとおいしくない。

「どうしよう。多めに煮ておくとしても……」

夜、家で食事がとれるとは限らないので、食べきる前に腐らせてしまいそう。私はうーんとしばらく考えたあと、妙案を思いついた。

「よし、お隣さんにおすそわけしよう」

お隣に住んでいるのも同じくらいの歳の女性で、ゴミ出しのときに挨拶する程度の間柄だが、女性同士なのでおすそわけしても不審に思われることはないだろう。

そうと決まれば善は急げだと、私はジャケットをはおり直して外に出る。

「すみません。隣の天宮《あまみや》ですが」

チャイムを押してしばらくすると、すっぴんで部屋着姿の女性が出てきた。ドアチェーンはかけたままだ。

「なんでしょう……？」

いぶかしげな表情で彼女がつぶやく。朝会うときよりよそよそしいので、あれっと思う。リラックスしている姿を見られたくないのだろうか。

「あの、実家からお米と野菜が送られてきたんです。よかったら」

そう告げて紙袋に入れたおすそわけを差し出す。米は大きめの保存袋に詰めておいた。

「えっ……」

喜ぶと思ったのに、より困惑した表情を浮かべられたので、私は差し出した体勢のまま固まってしまった。

「ああ、どうも……。ありがとうございます」

彼女は『仕方なく』といった緩慢《かんまん》な動作で紙袋を受け取り、ぺこりとお辞儀をしてからドアを閉めた。

「あ～、やっちゃったなあ……」

自分の部屋に戻り、壁にもたれながらはーっとため息をつく。

彼女のよそよそしい態度は、平日で疲れていたからでも、すっぴんを見られて恥ずかしいからでもない。おすそわけが、迷惑だったのだ。特に親しいわけでもない隣人からの差し入れなんて、都会ではまったくありがたくないということを私は初めて理解した。

「田舎と同じ感覚じゃダメだったんだな……」

実家では、留守の間に近所の人からの差し入れが玄関先に置かれているなんてよくあった。なんなら、漬物や煮物など手作りの料理をもらうことだってある。『この大根は農家の○○さんから』『新米を近所の○○さんからいただいたの』なんていうのは日常会話だったのに。

「うーん……」

周りに関心のない都会のほうが住みやすい、という人もたくさんいるだろう。でも私は、ドライな人間関係に無性に寂しさを抱いてしまった。

何年も壁一面隔てた部屋に住んでいても、警戒される。職場でも、プライベートで遊ぶほどの親しい友達はできない。

茨城にいたままだったら、今とは違う生活だったんだろうな。そんな考えが頭をよぎるけれど、選んだのは自分だからだれに愚痴をこぼすこともできない。

高校生のとき、都内の大学に進みたい気持ちはあったのだけれど、県内の国立大学に受かったのでそちらに進学した。家から通える距離だったので、学費もひとり暮らし費用も抑えられ、両親には喜ばれた。

でも――、上京した友達が帰省し、みるみる垢抜けていく姿を目の当たりにすると、『私も都会に出ておけば……』と後悔した。東京にしかないセレクトショップで服を買ったり、オシャレなカフェでアルバイトしているという話を聞くたび、嫉妬するほどうらやましく感じたのだ。

一方私は田舎の国立大学。服は近くの激安店で買っているし、アルバイトは牛丼屋だ。大学生活も、思ったより地味だった。理系の学部だったので真面目な学生が多いし、周りに遊ぶところが少ないのだから仕方ない。

なので、『絶対に東京で就職しよう！』と早いうちから決めていた。しかし母親には、『あなたはのんびりしているから、こっちにいたほうが合うんじゃない？』と言われ、私はカチンときてしまった。『こんな田舎にずっと閉じこもっているのは嫌なの！　お母さんにはわからないよ！』と暴言を吐いてしまったことを、今でも覚えている。キラキラした環境が似合わない、田舎くさい人間だと言われた気がしたのだ。そのときの母の悲しそうな顔は忘れられない。自分が生まれ育った場所を否定されるのはつらかっただろうな。

あんなに、東京に出れば全部うまくいく！　キラキラした生活が送れる！　と自信満々だったのに、結局は母の言っていたことが当たっていた。十年生活してみてやっとわかった。私は都会暮らしに向いていないのだ。せかせかした生活、コンクリートで覆われた景色、希薄な人間関係、全部が合わなかった。

最初は、それでも楽しかった。行ったことのないお店、やったことのない遊びばかりで、二十代のうちは充実していた。週末ごとに新しいお店を開拓するのが趣味だった。でももう、行きたいところには行き尽くし、やりたいこともほとんどなくなってしまった。

平日は会社との往復、休日も寝ているだけなのだったら、景色や空気のいい田舎でのんびり過ごしたい。最近、会社ではリモートワークが導入されたので、茨城に戻ろうと思えば戻れる。でも、せっかく東京で就職したのに地元に出戻りなんて、周りにバカにされるかもしれない。親だって、今さら同居なんて嫌かもしれない。それになにより……。

「あんなに田舎を悪く言ってしまったのに、今さら帰りたいなんて言えないよ……」

モヤモヤした気持ちをダブルで引きずったまま、その日は眠りに落ちた。

次の日は、送ってもらったお米を炊いておにぎりにし、秋野菜は煮物にしてお弁当に持っていった。

「あ、やっぱりお米、おいしい……」

きっと近所の農家の人からもらったお米だと思うが、こちらのスーパーで買うよりずっとおいしかった。おかずがなくても、塩むすびだけでパクパク食べられる。

「煮物もなかなか……」

ゴボウは太くて味がしみているし、ジャガイモとサツマイモもホクホクだ。私は決して料理上手というわけではないので、おいしく感じるのは素材がいいのだろう。

お昼ごはんをすませたあとは、日課になっているSNSの巡回だ。スマホをいじっていては休憩にならないとわかっているのだが、文庫本を持ち歩くような柄ではないし、三十分くらい昼寝したとしてもよけいに眠くなるだけだ。

写真付きSNSには、今日もキラキラした投稿が並んでいる。映える食べ物やはやりの飲食店、テーマパークで女子会。今はうらやましいなんて思わない。自分には縁のない世界だと感じるだけだ。見ても疲れるだけなのだからSNSを開くのをやめればいいのだが、それでもこうしてチェックしているのには理由がある。

最近、地元の同級生のアカウントを見つけたのだ。私のアカウントには電話番号でたどり着いたのだろうが、ひとりにフォローされたことがきっかけで、芋づる式に何人かの地元組とSNSでつながった。地元の暮らしがどんなものか興味がある私は、暇なときに投稿をこまめにチェックしているのだが……。

「えっ、ヤギ？」

同級生のひとりが、ヤギの写真を投稿していた。かわいい、白色の子ヤギだ。動物園か牧場の写真だと思ったのだが、投稿を見ると、どうやら職場でヤギを飼っているらしい。

「会社の庭にヤギ!?」

驚いて投稿にコメントしてみたら、向こうも昼休憩中だったのかすぐ返事がきた。最近地元では、庭の芝をヤギに食べさせるため、ペットにするのがはやっているとか。会社だけでなく飲食店や神社、一般の家でもヤギを飼っているらしい。地元で有名な神社でもヤギを飼っているよ、と教えてもらいアカウントを見にいったら、なんとクジャクの写真もあった。クジャクもヤギも、一般人が飼えるだなんて初めて知った。

なんだか夢中になってしまい、帰宅してからも地元住民のアカウントを見続けていた。休日には近くの山に紅葉狩りに行ったり、海に釣りに行ったり……。地元にいたころは普通だと思っていたけれど今の自分には決して手に入らないものたちの写真を見ていたら、胸がぎゅうっとつかまれるような気がした。

特にハッとしたのは、秋祭りの写真だ。子どものころは毎年遊びに行っていた秋祭り。屋台も出ていて、特にりんごあめと煮イカが大好きだった。どちらも赤くてテカテカしていて、屋台の灯りの下ではたいそうおいしそうに映ったのだ。煮イカが地域特有のものだと知ったのは大人になってからだ。花火大会に出かけ、『どうしてここの屋台には煮イカがないんだろう。あんなに人気メニューなのに』と首をかしげたことを覚えている。

神社での準備の写真には、同級生の顔もちらほらある。おそろいのはっぴ姿で、屈託のない笑顔でピースサインをしている。みんな肌がつやつやしていて、自分の生活に満足しているように見えた。休んでも目の下のクマが取れず、いつも疲れ切った表情の私とは大違いだ。

「自分で都会暮らしを選んだのに、今さら田舎がこんなに恋しくなるなんて……」

情けなくて自分が嫌になる。無性に、実家に電話して母の声が聞きたくなった。

「ダメダメ。ごはん食べよ」

用事もないのに電話なんてしたら心配をかけるだけだ。気を紛らわすためにふだんより時間をかけてお米をとぎ、お味噌汁まで作ったのに、炊きたてのお米が甘くてよけいに涙が出そうになった。


「ああ……。うろ覚えだけどちゃんとあった……」

週末。今私の前には、小高い木々に囲まれた古びた神社がある。秋祭りの写真を見てから、どうしても神社に参拝したくなったのだ。それも、観光地という感じの神社ではなく、地元の人しか訪れず神主もいないような、知る人ぞ知る神社がよかった。

しかし、ここまで来るのには苦戦した。グーグルマップを使って調べても、写真がなければ雰囲気まではわからない。道路の横にぽつんと立っている小さなお社でも、地図では〝神社〟と記載されるのだ。

何日もスマホとにらめっこしていたのだが、ふと思い出した。上司の家の近くに、小さな神社があったかもしれない、と。

もう何年も前だが、職場の上司が家を建て、新築祝いのバーベキューパーティーに招かれたことがある。そのとき、駅からの道順を間違い、反対方向に進んで、神社前の通りにたどり着いた。……気がする。

記憶がぼんやりしていたから不安だったが、ちゃんと神社はあった。記憶よりも木が生い茂っていてまるで森だったが、自然と触れあいたかったのでちょうどいい。

石段を上ると、お社とこぢんまりした境内が目の前に現れる。お社はところどころ傷んでいたけれど、地元の神社に似ていて落ち着いた。木に止まる鳥の羽ばたきや鳴き声が聞こえるのも心地いい。

「あ～、ホッとする……」

神社を探すことを諦め、牧場や動物園に出かけなくてよかった。人がたくさんいる場所では、この感覚は味わえないだろう。

まず初めに参拝してから、境内をゆっくり散歩する。近づいてきたスズメの写真を撮ろうかと思ったが、神聖な場所でスマホを出すのは野暮な気がしてやめておいた。

そうして境内を一周したところ、妙な場所を見つけた。この神社は周囲をぐるりと木が囲むように生えているのだが、一部分だけ、草も木も生えていない場所があったのだ。

「なんだろうこれ。抜け道……？」

その予想は半分当たっていた。まっすぐな長い一本道が、そこから伸びていたのだ。しかも、先には建物が建っている。目が悪いのでよく見えないが、商店街のような雰囲気だ。

「へえ……」

なんだか、地元にある古びた商店街を思い出させる。そちらはほとんどの店がシャッターを閉めてしまっているが、ここはどうだろうか。日暮れも近く小腹もすいてきたので、私はその商店街を散策してみることに決めた。

「よし、行ってみよう」

しかし、期待は外れてしまった。この商店街も、ほとんどの店が開いていない。そしてなんだか、独特の雰囲気だ。昭和風というだけでなく、アジアンな建物もまざっているし、よくわからない言語の看板もある。赤と白の提灯が道なりに下がっているのは、秋祭りの準備だろうか。

散歩だけでも田舎っぽい空気を味わえるからいいか、とのんびり歩いていたのだが、一軒だけ看板が出ている店を見つけた。

「純喫茶またたび……？」

そこは、レトロな喫茶店だった。店名も面白いけれど、看板には〝猫の手も借りたい人へ〟という妙な文句も書かれている。

「そりゃあ、猫の手が借りられたら助かるけれど……」

実際の猫は、悩みなんて解決してくれないだろう。猫にそんなことは求めていないから、別にいいのだが。

「でもまあ、ここでいいか」

ほかに飲食店も見当たらないので、入ってみよう。こんな人気のない商店街でもやっていけているんだから、すごくおいしいか常連さんに支えられているのだろう。外れではない気がする。

「こんにちは～……」

木の扉を開けて最初に飛び込んできたのは、窓際にいる大きな黒猫だ。大きな、といっても太った猫とはわけが違う。人間の身長くらいあるのだ。

なぜかベストを着て蝶ネクタイを締めたその猫が、窓際でなにやら前足を上げてジャンプしていた。ニャニャニャ、という鳴き声も聞こえる。

「えっ……？」

私はドアノブに手をかけた体勢のまま、その光景をぽかんと見ていた。すると、猫はハッとしたようにくるりと振り向く。鼻の下に白ヒゲの模様がある、黄色い目の猫だった。

「やや、いらっしゃいませ。大変お見苦しいところを見せて失礼しました。窓に虫が止まっていたので、つい……」

猫は、二本足で立ったまま、胸に手を当ててうやうやしくお辞儀をする。声はダンディな中年男性を思わせた。

「えっ……」

「あ、窓の外側なのでご安心を」

「いや、疑問はそこじゃないんですけど……」

なんで喫茶店の店員が猫の着ぐるみを着ているのか、ということを聞きたい。もしかして、こういうコンセプトの店だからさびれた商店街でも生き残っているのだろうか。一部に熱狂的なファンがいるとか？　ありえそうな気がする。

「私は、『純喫茶またたび』の店主です。マスターとお呼びください。カウンター席にどうぞ」

「は、はあ……」

私は特に猫好きではないが、カウンター席に案内してくれる後ろ姿は愛らしかった。しっぽが二本ある以外は、ずいぶんと猫のリアルな質感を再現しているようだ。ぽてぽてと歩くのもかわいらしい。しかし、飲食店で猫の着ぐるみだと、手が使いづらくはないのだろうか。

「メニューをどうぞ」

私の心配をよそに、マスターは肉球を器用に操ってメニュー表・おしぼり・お冷やをカウンターに出してきた。

「あ、どうも」

お冷やをひとくち飲んでからメニュー表を開くと、子どものような丸っこい字が並んでいる。外看板にもあった猫の手に関する文句はここにも書かれてあったけど、それとは別に意味のわからない注意書きもあった。

「この、お代が『思い出』っていうのは？」

「当店では、お金のかわりにメニューに関する思い出をお客様に語っていただいています」

「えっ、それは、話せばタダっていうこと？」

「はい」

私の疑問にあっさりうなずくマスター。思わず眉間に皺が寄り、怪訝な顔で聞き返す。

「……なにかのキャンペーンなんですか？」

「いえ、開店当初からずっとそうです」

喉の奥からうーんという声が漏れる。どうやらこのマスターは相当の変わり者のようだ。猫の着ぐるみを着ているだけでもおかしいのに、代金が無料だなんて完全に道楽でやっているとしか思えない。きっと、家が相当なお金持ちなのだろう。

おいしい店だから生き残っているという予想は外れてしまったが、今さらなにも注文せずに退店はできない。私は仕方なしにメニュー表に目を落とした。

「あっ、ピザトースト……」

フードメニューの中のひとつが、光が当たったようにパッと目に入る。そうだ、思い出せなかった、子どものころ一番大好きだった朝食メニュー。それがピザトーストだった。しばらく食べていないし、ピザ屋はよく見てもピザトーストのある飲食店はあまりないから、今まで忘れていた。

「ピザトーストに、なにか思い出が？」

マスターが私のつぶやきに耳をぴくりと動かし、話を促す。

「……私、子どものころ、ピザトーストは世界一おいしい朝食だと思っていたんですよ」

ふだんは六枚切りの食パンだけど、母が四枚切りのパンを買ってきた次の日はピザトーストと決まっていた。初めて食べたときには、『世の中にこんなにおいしいものがあるんだ！』と感動したっけ。子どもの好きなトマト味、ふわふわの厚切り食パン、とろ〜り伸びるチーズ、ベーコンやピーマン、トマトのカラフルな具。好物の理由はたくさんあるけれど、焼きたてのジューシーなピザトーストは特別なおいしさだったんだ。

そのうち、『ピザトーストを食べた日には一日がうまくいく』という験《げん》をかつぐようになり、試験など大事な日の朝食にはピザトーストをねだるようになった。今思えば、単に好物を食べるとやる気が出ただけだったのだろう。運動会も受験も、就職活動だってピザトーストで乗り切った。それだけの好物なのだから、就職してひとり暮らしを始めた当初は、自分で作ることもあったのだが……。

「材料は同じはずなのに、母のあの味にはならなかったんですよね……」

いろんなピザソースを試してみたのだが味が違うし、トマトを載せるとびちゃびちゃと水っぽくなってしまう。そのうちに、自分では作らなくなってしまった。

「そうなんですね。さて、うちの味はどうでしょう」

マスターはそう言い残すと、厨房に引っ込んだ。どことなく楽しそうな声色だったが、自分で何度も試作してダメだったのに、偶然入った喫茶店に同じ味が出せるわけがない。せめて自分で作るよりはおいしいといいな、くらいの期待感で待つ。

「お待たせしました。ピザトーストと、サービスのブレンドコーヒーです」

「わ……」

しばらくしてマスターが持ってきてくれたのは、ほかほかと湯気をたてる厚切りのピザトーストとホットコーヒー。久しぶりに目にしたせいか、もう今の段階でかなり食欲を刺激する。ごくりとつばを飲み込んだ音は、マスターに聞かれていないだろうか。

「コーヒーまでいいんですか？　タダなのに……」

「ええ。うちではお出ししているんです」

「そうなんですか。ありがとうございます」

お礼を言ってから、縦にカットされたピザトーストを手に持つ。パンの耳の部分はしっかりと弾力があり、断面はふわふわだ。とても食べごたえがありそう。具はベーコン、玉ねぎ、チーズ、輪切りになったピーマン、トマトだ。ベーコンはサラミだったりウインナーだったりするけれど、うちではベーコンの割合が一番高かった。いつも載せていた具が大集結している。

「それじゃ、いただきます」

ひとくちかじると、サクッという小気味いい音がする。そのあと、ピザソースの甘い味と野菜のジューシーさ、チーズとベーコンの濃厚さが口の中に広がる。そして、トマトの甘みが強い。

「おいしい……！」

すごく、母の作ったものに似ていた。というか、ほぼ同じなのではと錯覚するほどだ。

チーズをびろーんと伸ばしながら、私は一気に半分を食べきり、ふうっと息をつく。

「あの、実家のピザトーストにすごく似ているのですが、どこのメーカーのピザソースですか？　もしかして手作り？」

手作りだったら再現できなかったのも仕方ないと思ってたずねたのだが、マスターから返ってきたのは意外な答えだった。

「いえ、塗ってあるのはただのケチャップです」

「えっ、ケチャップ?」

ほかにも聞きたいことがあるのだが、冷めるとチーズが固まってしまっておいしくないので、残りの半分を食べ進める。

たしかに、ケチャップと思うとその味だ。ピザソースよりも味がはっきりしていて甘い。私が勝手に市販のピザソースだと思い込んでいただけで、母もケチャップを使っていたのだろう。

私は、ピザトーストがアツアツのうちに平らげた。こんなに食事に夢中になったのはいつぶりだろう。お腹も心も、ほかほかしている気がする。

「あ、コーヒーもおいしい……」

食後のコーヒーも、ピザトーストの余韻を壊さないおいしさだ。香りはいいけれどさっぱりしていて飲みやすい。こだわりのブレンドなのだろうか。

マスターはなぜか、コーヒーを飲む私をじっと観察している。

「ふう、ごちそうさまでした」

すべてをいただき終えてお腹を抱えると、マスターが目を細めた。たぶん微笑んでいるのだろう。

「気に入っていただけたようで、よかったです」

「はい、本当に昔食べたものによく似ていて……。トマトも水っぽくなくておいしかったのですが、なにかコツでもあるんですか？」

「これは、糖度の高いフルーツトマトを使っているんですよ。トマトを載せるとべちゃっとなってしまうので、載せないかミニトマトにする喫茶店が多いのですが、うちはこだわりでフルーツトマトを使っています」

「えっ、フルーツトマト？」

　そういえば、隣に住んでいた幼なじみの家がトマト農家で、トマトシーズンにはいつもおすそわけをくれた。その中に、フルーツトマトもあったはず。普通のトマトはそこまで大好きというわけではないが、フルーツトマトは別だ。母が何個も切って夕食に出しても、一度で食べきっていた。だから母は、ピザトーストにもフルーツトマトを載せてくれていたんだ。

　アパートのお隣さんにおすそわけを嫌がられたことが、ふと頭をよぎる。もしあの人が幼なじみだったら、きっと喜んで受け取ってくれたに違いない。

「私……自分が恵まれた環境にいるって、もっと早く気づけばよかった。地元の空気のほうが合っていたのに、どうしてこうなるまでわからなかったんだろう……」

今私が欲しがっているものは、全部最初から持っていた。そのありがたみに気づかなかったのは愚かな自分だ。あろうことか、母に暴言を吐いてバカにするような態度までとっていた。

「あなたには帰る場所がないのですか？　親御さんはもう……？」

急な私の懺悔《ざんげ》に、マスターは気遣う様子を見せる。

「いえ、両親は健在です。ただ私が意地を張っていて、帰る勇気が出ないだけで……。今さら後悔しても遅いんですけどね」

「なるほど……」

自虐気味に微笑んでみたのだけど、マスターは手で細いヒゲをしごきながら、難しい表情をしていた。そして、神妙な様子で語り出す。

「私には帰る場所はありません。待っている人も、場所も、なくなってしまいました」

「え……」

マスターの突然の告白に、ドキリとする。それは、両親が亡くなって、実家も取り壊されてしまったということだろうか。もしくは、もっと別の……？

言葉をなくしていると、マスターはカウンターの上で組んでいた私の手にぽんと自分の手を乗せた。肉球のやわらかい感触がする。

「でも、大切な人が生きているなら、遅いなんてことはないです。それはまだ、手の届くところにあるんですから」

マスターは、すべてを失った過去があるなんて信じられないくらい、優しい目で私を見ていた。黄色い瞳の中の大きな黒目が、ピントを合わせるように丸くなり、初めて私は『この猫は着ぐるみではないのかもしれない』と感じる。

「マスターだったら、どうしますか？」

「すぐに連絡して、家に帰ります。いくらこちらが牙をむいたり引っかいたりしても、飼い主……親は、あたたかい目で許容してくれているものですよ」

「そうか……そうですよね」

お盆やお正月に帰省したときの、親の態度を思い出す。父はいつも駅まで車で迎えに来てくれるし、母は毎回私の好物を作ってくれる。『ひとり暮らしだと揚げ物もなかなか食べられないでしょ』と、からあげやトンカツを持たせてくれることも。それに、頻繁に送られてくる食料が物語っているじゃないか。『昔のいざこざなんて気にしてないよ。いつでも帰っておいで』って。

「どうして私……こんな簡単なことに気づかなかったんだろう……」

「なにかと戦っている間は、視野が狭くなるんですよ。猫も人間も同じです。さっき虫を追いかけていた私もそうでしょう？」

「ほんとだ」

涙が落ちかけていたのに、マスターのジョークにふふっと笑みがこぼれた。この猫が着ぐるみでもそうじゃなくても、ピザトーストのおいしさにも、私がマスターの言葉に救われたことにも変わりがない。

「マスター、ありがとうございます。私……勇気を出してみます」

「がんばってくださいね。おいしい思い出も、ありがとうございました」

頭を下げ、再度ごちそうさまを言って店を出る。来たときはオレンジ色だった空が、すっかり赤く染まっていた。

「太陽が、フルーツトマトみたい」

そう声に出すと、なんだか楽しくなってきた。さて、実家にはなんと電話しようか。早く両親の声が聞きたくて、私は自然と早足になっていた。

その後、会社には茨城に帰ってリモートワークをしたいと相談。少しは渋られるかなと心配していたのだが、あっさり受け入れられた。上司には『実は自分も、田舎に戻ろうかと思っていてね……』と打ち明けられた。蓋を開けてみれば意外と、Uターンを検討している人が多かったみたいだ。

実家の両親の反応も不安だったが、『娘が帰ってくるなんてうれしい』と手放しで喜んでくれた。昔、母に田舎をバカにした態度をとったことを謝罪したが、『なんのこと？』と電話口できょとんとされた。マスターが言っていた通りだ。

無事実家に帰ったあとは、母の家庭菜園を手伝いながら仕事をしている。同級生の職場にいるヤギも、神社のクジャクも見にいった。釣り道具もそろえたので、次の休みには父と海釣りに行く予定だ。

そして、あんなに習慣だったSNSは、しばらくチェックしていない。他人の撮った写真を見なくても、本当に大切な景色は目の前にあるからだ。

＊　＊　＊

厨房の隅に置かれたオーブントースターを、マスターがじっと見ている。中では、ピザトーストが赤い光に照らされ、じわじわと焼かれている。チーズはしっかりとろとろにしたいので、パンが焦げないようアルミホイルを敷くのがコツだ。

チーンとトースターが音をたてた瞬間、マスターの耳がぴくっと動く。

「ニャニャ、おいしそうですねえ。ベーコンの端っこもカリカリにできました」

しかし、取り出そうとピザトーストに触れた瞬間、「あちち」と手を引っ込める。

「猫舌は忘れなくても、肉球がむき出しなことはつい忘れてしまいますねえ」

フォークを使ってお皿に盛り、カウンター席に持っていく。充分に冷ますのを待ちきれず、大きく口を開けてかぶりついた。

「ふぁ、伸びたチーズが鼻にくっつくのもまたご愛敬」

はふはふ言いながら食べ終わると、ブレンドコーヒーでひと息つく。

「今回はつい、飼い主のことを思い出してしんみりしてしまいましたねえ……。あのお客様が後悔のない選択をできたならいいのですが」

年季の入った家具たちを見回したあと、ぼんやりと宙を眺める。

「……あと、営業中は虫を見つけても飛びかからないようにしなくては。猫の習性はなかなか抜けないですねえ」

ふう、と反省の息を漏らし、マスターは再びコーヒーに口をつけた。

メニュー5

本当の幸せとプリンアラモード

「あなた。真幸《まさゆき》は今日はお泊まりですって。イラストレーター仲間とオフ会？　で都内に行ったのよ。遅くまで飲むからビジネスホテルをとったらしいの」

夕飯作りにとりかかる前の時間、夫に一日の報告をする。もともと物静かな夫は微笑んだまま口を開かないが、もう日課になっているのだ。

「お夕飯、どうしようかしら。冷凍してあるご飯をチンして、お味噌汁を作って干物を焼いたら、あとはお漬物くらいでいいかしら……」

冷蔵庫に一枚だけ残っているホッケの干物は、そろそろ食べてしまわないと悪くなる頃合いだ。私は魚だったら干物が好きだけれど、真幸は煮物やお刺身、天ぷらといった食べごたえのあるメニューのほうが喜ぶので、ちょうどいい。

「なんだか、おっくうになってきちゃったわ。ひとりぶんだけ作るのって、味気ないものねえ……」

仏壇の前から腰を上げ、夫の遺影に「じゃあね」と声をかける。

夫とは五十代で死別した。それからもう十年がたち、自分の親の介護も終えたばかりだ。今はこの広い家で、三十五になる息子の真幸とふたり暮らしである。いや、ふたりと一匹か。

「ハナコ～、ごはんよ～」

白いお皿にキャットフードを盛り、廊下に向かって声をかけると、「ニャー」と鳴きながら愛猫のハナコが顔を出した。三毛猫のメスで、御年十二歳。人間に直すと六十四歳で、ちょうど私と同じくらい。もうお互い、立派なおばあちゃんだ。

「はな。はーな」

歌うように呼びかけて顎をなでると、ハナコはゴロゴロと喉を鳴らした。

「ふふ。ハナコはかわいいねえ」

『あなたがこんな名前をつけるから、ややこしくて仕方ない』

夫の、困っているんだか面白がっているんだかわからない口調が、くっきりと頭の中によみがえる。

ハナコという名前は、私がつけた。背中に花のような模様があるから、野良猫時代からそう呼んでいたら、そのまま定着してしまった。ペットの名前というのはだんだん言いやすく略されるもので、ハナコも徐々に、はなと呼ばれるほうが多くなった。そこまではよい。問題は、私の名前も〝英恵《はなえ》〟だったことだ。

夫が『はな』と呼ぶと、私が『はい？』ハナコが『ニャー』と返事をする。そこで、さっきのセリフだ。

『お父さんもお母さんも、毎回同じ会話をしているけれど、飽きないの？』

おとなしい息子はそんなセリフは吐かなかったが、あきれたように私たちを見ていた。

ひとりの夕食と洗い物を終えてから、私は居間で本を開いた。Ａ４サイズの大きくて薄い本だ。人気スマホゲームのファンブック、と書いてある。真幸にもらって、何度も眺めたそれを、ぱらぱらとめくる。

「綺麗な絵……。今のゲームはすごいのね」

かっこいいポーズをきめた騎士や、かわいい衣装の魔法使い。ゲームに出てくるキャラクターの情報が載っているこの本は、私が読んでもよくわからないけれど、イラストがどれも緻密で美しいということは見てとれる。

「これを、真幸が描いたのよね……」

キャラクターのうちの何人かを、真幸が担当したと聞いている。このゲームだけでなく、ほかのゲームでも仕事をしていて、最近ではコミケというイベントで同人誌も出しているそうだ。年に二回、大きな荷物を持って都内に連泊してくる。一度、段ボール何箱もの同人誌が家に届いて驚いたが、そんなに刷っても毎回完売してしまうのだという。それだけ、買ってくれるファンがいるということだ。

「にゃーん」

私の膝にハナコがぴょんと乗り、前足を動かしながら『なでろなでろ』と催促してくる。

「ねえ、はな。昔は心配したけれど、あの子も立派になったのね」

ハナコの頭をなでながら、遠くを見つめる。真幸は子どものころから内向的で、友達と遊ぶよりもひとりで絵を描いているのが好きだった。中学では一時期不登校になりかけたけれど、美術部に入り、恩師に恵まれたことで持ち直した。高校でも絵を続け、現役で美大に合格した。そのときは夫と手を取り合って喜び、『子どものころから真幸には絵の才能があった』『自分は昔から、真幸の才能を見抜いていた』と口々に褒めそやした。親馬鹿だと笑われてもかまわないと思った。

しかし――美大の空気は、真幸に合わなかった。絵のうまさで決まる独自のヒエラルキーや、学生同士のマウント……そんな人間関係になじめず、メンタルを壊して退学。心療内科のお世話になりながら、イラスト系の専門学校に入り直した。そちらは水が合ったらしく、卒業と同時にプロの夢が叶う。

「本当にすごいわ。こんなに立派にやっていて、飲み会に行くくらい対人関係も良好なのよね……」

不登校になりかけたときも、大学に行けなくなったときも、夫婦そろって自分を責めた。私も夫もおとなしく、あまり自己主張しない性格だったから、その性質が真幸に引き継がれたのだと。それに、育て方も間違っていたのかもしれないと思い悩んだ。真幸に友達が少なくても気にせず、好きに絵を描かせていたが、もっと積極的に周囲とかかわらせるべきだったのかもしれないと。でももう、真幸は立派な社会人だ。

私が『いらない』と遠慮しても、毎月充分な生活費を家に入れてくれるし、家事だって頼めばやってくれる。なんの不満もないはずなのだけれど……。

「真幸はやっぱり、結婚する気はないのかしらね、はな」

夫が最期まで心配していたのが、それだった。

今は多様性の時代だということも、結婚を選ばない若者が増えていることも知っている。型どおりの幸せを他人に当てはめるのはナンセンスだと感じているのに、自分の子どもとなると、そうはいかない。

私が死んだら、真幸がひとりになってしまう。かわいいひとり息子には、寂しい老後を送ってほしくない。できれば、優しいお嫁さんをもらって、子どもにも恵まれてほしい。そんなふうに、願ってしまうのだ。ただでさえ――真幸はひとりで生きていけるほど、強い子ではないのだから。

『真幸のことは、頼んだぞ』

息を引き取る前に、夫はそう口にした。夫なき今、息子を心配できるのは私だけなのだ。

「どうしたらいいのかしらねえ……」

恋人はいるのかと、聞いたことはある。真幸は『いないし、今までいたこともないよ』と答えたあと、しばらくよそよそしい態度になった。会話を避けられているのだと気づき、いつも通りの態度を心がけたら、もとに戻ったが……。それ以来、この手の話題を出すのが怖くなっている。

「はなが人間になれたら、真幸と結婚してくれる？」

たずねてみたが、愛猫は『くあぁ』と大きなあくびをするだけで、返事をしてはくれなかった。

少し遠くに大きなスーパーができたという話を隣の奥さんから聞き、さっそく行ってみることにした。『お野菜がお花みたいに並べられていて、輸入食品やオシャレなお惣菜もあって、まあ～とにかくすごいのよ！』と勧められたら、行かないわけにはいくまい。なんと、店内にカフェもあるらしい。最近のスーパーはすごいな、うっかり買いすぎないようにしないと、と覚悟して行ったのだが、案の定きらびやかな店内に舞い上がってしまい、このざまである。

「ふう、ふう。はあ重い……」

エコバッグふたつがぱんぱんになるくらい、食材を買い込んでしまった。ふだん行くスーパーでは売っていないような野菜や果物には心惹かれたし、レトルト食品もラザニアやらインドカレーやらオシャレなものばかりで、真幸が喜ぶかしらと思うとついカゴに入れてしまった。

「バスはしばらく来ないわね……」

十二月、年の瀬の冷たく乾いた風がぴゅうと吹いて、むき出しの頬を叩いていった。日が沈むのが早いせいか、四時台でもすでに夕陽が落ちてきている。

「ああ、寒い」

両手がふさがっているから、マフラーをきつく巻き直すことすらできない。

「こんなところで待っていたら、風邪を引いてしまうわ」

バス停の周りには風を遮ってくれる建物はなく、容赦なく風が吹き込んでくる。かじかんだ手にエコバッグの取っ手が食い込み、痛みを感じてきた。

「どこか、寒さをしのげる場所はないかしら……」

通ってきた道には、コンビニやカフェなど入れそうな店はなかった。重い荷物を提げてスーパーまで戻りたくはないし、民家の前でうろうろしていても不審者だと思われそうだし……。

「そういえば、神社があったわ」

少し高台にある、うっそうとした木々に囲まれた神社の前を、さっき通った。あれだけ木が生えていたら風よけになりそうだし、もしかしたらベンチや自動販売機も見つかるかもしれない。

「コーンスープかおしるこが売っていればいいのだけど」

いや、ぜいたくは言わない。あったかい飲み物ならなんでもいい。とにかく今、この体をあたためてくれるのなら——。

しかし、ほの暗い神社の境内には、古びたお社がぽつんとあるだけだった。

「あらあら、まあ……」

がっかりして肩が落ちたが、仕方ない。風から守ってくれるだけでも感謝しなくては。

「少し、休ませてもらいますね」

お賽銭を入れ、エコバッグを地面に下ろしてから、神様に手を合わせる。

私が死んでも、真幸がひとりになりませんように。ハナコがなるべく長生きしてくれますように。死んだあと、夫に天国で会えますように。

「なんだか、いっぱいお願いしちゃったわ」

自分はあまり欲のない人間だと思っていたけれど、神様相手だとぜいたくなことも言えてしまうみたいだ。

「神社に参拝する機会なんて、もうほとんどないものね……」

夫を亡くしてからは、旅行にも初詣にも行かなくなった。夫は神社仏閣が好きだったから、昔はよく日帰り旅行に出かけたけれど――。

県外に足を延ばして、ちょっとだけ有名な神社やお寺に参拝して、日帰り温泉に入り、道の駅でご当地のものを買って帰る。そんなお出かけの延長みたいな旅行が、私たちにはちょうどよかった。また旅をしてみたいけれど、ひとりじゃあ切ないだけだ。

ふう。しんみりと息を吐いたら、どこかからぴゅう、と細い風が吹き込むのを感じた。

「あら……？」

風が来た方向に目をやると、草木が不自然に刈り取られたような一角があった。

「けもの道かしら。猫専用の抜け道になっているのかも」

神社には、なぜか猫が集まる。昼間でも日陰が多くて、人がいなくて静かで、お社の軒先では雨もしのげるから、かもしれない。近所の神社でも、時折猫たちが集会をしている。ハナコも、その中から野良の子を引き取ったのだ。

「もしかしたら、猫ちゃんがいるかもしれないわね」

無類の猫好きの私は、猫に会える可能性があるとわかると、寒さと疲れなんてなんのそので、うきうきした足取りで歩き出していた。なでられなくても、少し遠くから眺めているだけで、猫は癒やしなのだ。たとえ家で猫を飼っていても、よその子は別腹である。

「野良猫ちゃんとは、一期一会だもの」

猫ちゃん猫ちゃん～と、横からそうっと抜け道を覗くようにすると、意外な光景が目の前に飛び込んできた。

「えっ。あら、商店街……？」

けもの道が砂を固めたような道になって延び、その先に広がっているのは、ちょっと懐かしい感じの商店街。木造建築の、住居が二階にあるタイプの店舗とか、すりガラスがはめ込まれた横開きの扉とか。ちょうど私の子どものころの商店街が、こ

ん な 雰囲気だった。

「もしかしたら、喫茶店かなにか、あるかもしれないわ」

古いけれど、提灯が灯されているから、なにかしらのお店は営業しているのだろう。次のバスが一時間後だったことを思い出し、私は重たい買い物袋と共に足を踏み出していた。

「なんだか、不思議な雰囲気ね……？」

商店街は、昭和っぽいというだけでなく、アジアっぽい雰囲気もあった。独特の色合いと、日本語ではない文字の看板のせいだろうか。ちょうど、夫と行った中華街の路地裏が、こんな感じだった。

時代に取り残されたような商店街だから仕方ないのか、しばらく進んでも開いているお店はなかった。

商店街に来てから不思議と寒さは感じないが、エコバッグはずしりと重く、手の痛みも増していくばかりだ。もう諦めて、神社に引き返そうかと思ったとき、視線の先に『純喫茶またたび』という看板が見えた。しかも、店の窓からは、夕陽と同じ色のあたたかな光がぼんやりと漏れている。

「またたび、ですって。猫好きの人がつけたのかしら」

看板には〝猫の手も借りたい人へ〟という添え書きがある。思わず、ハナコが『にゃーん』と鳴きながらお手をする姿を思い浮かべて、ふふっと笑みがこぼれる。

「まさか、猫ちゃんが店主だったりして。……なんて、そんなことあるわけないわよね」

自嘲しながら喫茶店の扉を開けると、その『まさか』が目の前にいた。

モフモフで、黒くて長毛の、ベストと蝶ネクタイを身につけた——。

「あらあら、まあまあ……！　おっきな猫ちゃん！」

私よりも少し大きいくらいの猫が、カウンターの内側に立っていたのだ。

猫が怯えないように静かに、しかしささささっとすばやく距離を詰めると、大きな猫はきょとんとした黄色い瞳で私を見ていた。

「あら……怖がらせてしまったかしら？　ごめんなさいね」

猫を見るとテンションが上がってしまうのが、私の悪い癖だ。なんだか申し訳なくなり、後ずさりして離れると、猫は目を細めて口を開いた。

「いいえ、失礼しました。『純喫茶またたび』にようこそ。私は店主のマスターです」

今度は私が、きょとんとする番だった。ダンディなバリトンボイスは、間違いなくこの猫ちゃんから発せられたものだった。

「まあ……。言葉が話せるのね……?」

ということはもしかして、とお尻のほうを見ると、やはりしっぽがふたつに分かれていた。

「猫又さんだったの……」

物語にはよく出てくるが、実際に会ったのは初めてだ。二十年以上生きた猫がなると言われているが、二十一歳で亡くなった先代の猫は猫又にならなかったので、ほかにも条件があるらしい。

「今までたくさん、苦労をなさってきたんでしょうね……」

およそ勤労意欲とは無縁の猫ちゃんが喫茶店を開いているのだから、そこには私には想像もつかないような深い事情があるのだろう。

「ごめんなさい、違ったかしら」

マスターと名乗った猫ちゃんはそれっきり黙っているので、私はうかがうようにして首をかしげた。

「いえ」

と、彼は首を横に振る。

「ただ少しびっくりしてしまって。私の姿を見て驚きも怯えもしなかったのは、お客様が初めてだったものので。あなたはずいぶんと、柔軟で胆の据わったご婦人のようですね」

「いやだわ、私なんて猫好きなだけの、臆病なおばあちゃんなのよ」

大げさな物言いが照れくさくて、私はエコバッグを持ったままの手で口を隠すようにする。おとなしい、とか、気が弱そう、とかは子どものころからよく言われていたけれど、真逆の褒められ方をされたのは初めてだ。

「いくら猫好きといっても、猫又なんて妖怪みたいなものですから」

「それでも、私にとってはただのかわいい猫ちゃんよ」

「ありがとうございます。かわいい、と言われたのは久しぶりです」

マスターは前足で、耳のところをかくようにした。なんだかくすぐったそうな、かき方だった。

「外は寒かったでしょう。どうぞお座りになってください。荷物も隣の席に」

「ありがとう」

遠慮なくカウンター席に腰かけて、エコバッグも椅子に置かせてもらう。マスターは私の前にお冷やとおしぼり、メニュー表を出してくれる。あったかいおしぼりが心地よかった。

「さっきから気になっていたのですが……お客様からは、お仲間の匂いがします」

「ああ、うちにも猫がいるのよ。メスの三毛猫で、ハナコっていうの。もうおばあちゃんだからいろいろ心配で……」

「なるほど、なるほど」

うんうん、とうなずいたあと、マスターは両前足の肉球を合わせた。

「大丈夫です。ハナコさんはきっと、長生きしますよ。匂いが健康ですから」

「猫又さんはそんなことまでわかるのね」

感心してはーっと息を吐く。ハナコがもう老猫なのは、ずっと気がかりだったのだ。しばらくは、だれのことも見送りたくなかった。しかし、お墨付きをもらえて安心した。

メニュー表を手に取って開こうとして、ふと気になる。

「そういえば、ここは喫茶店だけど、あなたはコーヒーは飲めるの？」

「カフェインは大丈夫になりましたが、まだ猫舌なので冷まさないと飲めなくて」

「まあ、そうなの。かわいいわねぇ」

私が頬をほころばせると、マスターは自分用のカップを見せてくれた。猫時代から使っているお気に入りだそうだ。しかし、コーヒーではなくお出汁専用らしいが。

「コーヒーが飲める以外には、猫又になってよかったことってあるの？」

「そうですね……発情期がなくなったことでしょうか」

「あら、そうなの？　恋の季節があるなんてロマンチックだと思っていたんだけど」

「あれはあれで、それなりに面倒なものなんですよ」

　マスターは落ち着いた雰囲気で、猫時代もモテていそうに感じた。なんなら、ボス猫の風格だってある。

「じゃあ、マスターにはいいお相手なんていうのは、いないのかしら」

　自然に口にしてから、ハッとした。

「あ、あら、ごめんなさいね、よけいなこと聞いちゃって……。いやね、息子がまだ独身だからって、どうも他の人のことまで気になってしまって」

　人によっては、この手の話題はタブーなのだ。客にプライベートまで探られて、マスターもきっと嫌な気持ちになったに違いない……。

　しかし、マスターは想像よりもずっと大人だった。あわてる私に向けて目を細め、口角を上げた微笑みの表情を浮かべ、フォローをしてくれたのだ。

「大丈夫ですよ。私はふだんお客様の話を聞くばかりなので新鮮です」

　優しい声色にホッとする。気分を害してはいないようだ。

「昔は親しい女猫もいましたが、今はまったくですね。普通の猫はこの姿に怯えて近寄ってきませんから」

「それは寂しいわねえ……」

「かわりに人間のお客様が来てくださるので、寂しくないですよ。まあ、ふとしたときに飼い主が恋しくなりますが、好きなことをしているので幸せです」

「そう、よね。好きなことを仕事にできたら、それだけで幸せなのよね」

きっと、あの子も。

ふ、と考えこむと、マスターが穏やかな、こちらの心を見透かすような眼差しを私に向けていた。

「あ……。話し込んじゃってごめんなさい。今、注文するわね」

気まずくなってメニュー表を開くと、丸っこい文字が並んでいた。ところどころよれたり、かすれたりしているので、きっとマスターが書いたのだろう。あのもちもちした肉球で一生懸命ペンを握っているところを想像すると、かわいくてたまらない。

「ええと、じゃあココアと……なにかフードも欲しいわね」

「ココアは、この冬からメニューに加えてみたんです」

「まあ、そうだったの。私もちょうど飲みたい気分だったのよ。あら、懐かしいメニューがある」

「どれですか？」

「プリンアラモード。最近は、パフェとかサンデーなんてデザートが人気で、喫茶店で見かけることも減っていたのに……」

私の子どものころは、デパートで食べるデザートといったらプリンアラモードが鉄板だった。プリンだってごちそうだったのに、フルーツや生クリームまで載っている……その特別感と王様感が大好きだ。もっと豪華なデザートは今のほうがたくさんあるのに、心が一番ときめくのは、今でもプリンアラモードだ。

「では、ココアとプリンアラモードですね」

うやうやしく一礼して去ろうとしたマスターを、「ちょっと待って」と引き留める。メニュー表に奇妙な一文を見つけたためだ。

「この、お代が『思い出』っていうのは、なあに？」

「当店では、お金のかわりに、お客様の思い出をいただいているんです。ココアか、プリンアラモードにまつわる思い出を語っていただければ」

「ふだんはお客様の話を聞くばかり、って言っていたのはそういうわけだったのね」

なるほど。猫又ならたしかに人間のお金はいらないだろう。かわりに思い出を語るというのはよくわからないが、なにか理由があるのだろうか？

「でもあなたが満足するような思い出話なんてできるかしら……」

「人間のお話は、猫にとってはなんでも新鮮で、面白いものなのですよ」

マスターはそう言って微笑み、「では、少々お待ちください」とカウンター奥の厨房に引っ込んだ。

ひとりになると、わくわくした高揚感がじわじわと湧いてきた。そうそう、この感じ。デパートで注文して、待っている間はこんな気持ちだった。早く来ないかな、とそわそわ何度も周りを見て、一緒に来た父に『まだかなあ？』とたずねる。すると父はいつも優しい顔で『もうちょっとだよ』と答えてくれたっけ……。

そこまで回想したところで、マスターが戻ってくる。予想よりもかなり早い。

「あら？　もうできたの？」

「プリンアラモードはまだですが、ココアを先にお出ししようと。お客様はずいぶんと、冷えていらっしゃるようでしたから」

もふっとしたかわいい手で、私の前にぽってりとした白いカップが置かれる。中には、ほかほかと湯気をたてるココアがなみなみと入っている。うれしいのは、上にホイップクリームが載っているところだ。

「まあ、お気遣いありがとう」

「いえ、猫も寒いのは苦手ですからね」

「ふふ。うちの子もコタツが大好きなのよ」

カップを口につけると、まずは冷たくてなめらかなホイップクリームが唇と舌に触れる。そのあとにやって来るのが、熱くてあまぁいココア。

「おいしい。あったまるわぁ」

お腹と体があたたまると、ひとりで注文を待つのも苦でなくなってきた。どうせなら、久しぶりに父と会話するつもりで、頭の中で話しかけてみようか。

――お父さん。そっちでは、お母さんと仲良くしてる？　夫はどうしているかしら。私がみんなに会えるのはもう少し先になりそう。まだ、真幸をひとりにするわけにはいかないもの。そうそう、今日はひとりで喫茶店に来たのよ。久しぶりにプリンアラモードを頼んだの。昔はよく、デパートの食堂に連れていってもらったわね。最上階にある、広ぉい食堂。最近気づいたのよ。あれって今思うと、子育てと家事で忙しいお母さんに、ひとりの時間をあげるためだったんじゃないかしらって――。

「お待たせしました」

気がつくと、見上げた先にマスターがいた。こうして急に視界に入ってくるとやっぱり大きい。世界最大の猫よりも大きいんじゃないだろうか。そのぶん、黄色いアーモンド型のおめめの光彩や、ヒゲ袋の毛穴まで観察できてお得な気分だ。

「どうぞ、プリンアラモードです」

お盆に載って運ばれてきたのは、舟形のお皿に盛られたプリンアラモードと、黒に近い茶色の飲み物。

「ホットコーヒー？　頼んでないけれど……」

「こちらはサービスです。もし、ココアでお腹がたぷたぷになっていなければ、お飲みください」

「まあ、ありがとう」

ココアはまだ半分残っているが、口の中の甘みを一度リセットしたかったので、ブラックコーヒーはありがたい。そして、待ちに待ったプリンアラモードは、その見た目から素晴らしかった。

固めでしっかりしていることがわかる濃い卵色のプリンと、甘くてほろ苦そうなカラメル。スライスされたバナナと苺、メロンが彩りよく並べられ、缶詰の桃、パイン、さくらんぼもちょこんと載っている。主役はプリンだから、アイスはいらない。そのかわり、お皿の縁に生クリームをたっぷり絞って、ちょっとうれしいおまけにウエハースも。

「すごい……理想のプリンアラモードだわ」

子どものころの、宝物のようにキラキラしていた景色が、そのまま色あせずに目の前にあった。テーブルの上だけあのころにタイムスリップしたみたいに。

「ええと、思い出話は、食べる前にしなきゃいけないのかしら？」

「食べ終わってからでいいですよ。おいしいものを前にしたお客様を待たせるのは本意ではないので」

「それじゃ……お先にいただくわね」

まず私は、コーヒーをひとくち飲んだ。しっかりした苦みと酸味が、ココアで甘くなったお口に染みわたる。

「うん。深みがあっておいしいコーヒーだわ」

甘味のおともには最適な味だ。マスターは「よかったです」と答えたけれど、しゅんとしたようにヒゲが下を向いていた。

そしていいよいよ、プリンアラモードにとりかかる。はやる気持ちを抑えながらスプーンを持ち、プリンの表面をつつくと、ぷるぷると揺れた。うん、やっぱり、私好みの弾力のあるプリンだわ。最近のプリンはやわらかめのものが多くて、昔ながらの喫茶店プリンが食べたい身としては不満だったのだ。

満を持して、プリンを口に運ぶ。卵とお砂糖と牛乳の素朴な、『それでいいんだよ』というようなおいしさ。

「ああ、これよこれ。私が求めていたのは、これだわぁ……」

充分にプリンを堪能したら、次はフルーツだ。さっぱりした甘酸っぱさがうれしく、プリンの味を引き立ててくれる。プリン、フルーツ、プリン、生クリーム、と夢中で食べていたら、最後のひとくちになっていた。

「名残惜しいけど……」

プリンを全部お腹におさめてから、最後までとっておいたさくらんぼを口に入れる。ショートケーキの苺と同じで、スペシャルなものは一番最後に。子どものころもいつもそうしていたから、父に『またさくらんぼを残してる』と笑われていた。

「はあ、ごちそうさま」

まるで遊園地の乗り物を遊び尽くしたような、心地よい疲労感と満足感に襲われていた。締めのコーヒーを優雅に味わっていたところで、ハッと思い出す。

「そうそう、思い出話を忘れていたわ」

いけないいけないけない。これを忘れてしまっては、無銭飲食と同じことだ。

「はい。では、よろしくお願いします」

マスターは目を細めて催促する。私は、あらたまって話すことに少し緊張しながら、昔の光景を頭に浮かべた。

「昔ね、父によくデパートの食堂に連れていってもらって……そこで食べていたの。今みたいにいろんな甘い物なんてなかった時代だから、世界で一番オシャレな食べ物だと思っていたのよね」

父とふたりでのお出かけだという特別感と、デパートの食堂という非日常感。父も私も口数は多くないタイプだったが、このときばかりは別だ。

「なんだか気持ちも高揚して、ふだんよりもおしゃべりになっていろんなことを話したっけ……」

学校であったことや、最近はやっている遊びのこと。ゴム跳びがうまくなったとか、学校で飼っているウサギがかわいいだとか。父は『うんうん』と相づちを打ちながら、私の話を楽しそうに聞いてくれていた。

「そういえば……息子とは最近、全然一緒に出かけていないわ。最後に外食に行ったのは、まだ夫が生きているころだったかしら」

「息子さんがいらっしゃるんでしたね」

「ええ……。もう、三十五になるんだけど」

私は、夫に先立たれたことや息子の結婚の心配も、マスターに話していた。猫に死の概念はないらしいけれど、マスターは「お気の毒でした」と沈痛な面持ちで返してくれた。

「なんだか昔を思い出したら、息子とお出かけしたくなったわ。でももう、母親と一緒に食事なんて、楽しんでくれる年齢じゃないわよね。家では会話が少なくても、外でだったら……と思ったけど」

息子の話だったら、いくらでも聞きたい。けれどあの子は、私に聞いてほしい話なんて、あるのだろうか？

考え込んだあと、マスターは唐突にたずねてきた。

「ハナコさんは、名前を呼んだらお客様のもとに来ますか？」

「え？　ああ……うちの子はちゃんと来てくれるわよ。人懐っこい子だもの。でも、たまに返事もしてくれなくて、家中捜し回ったりもするのよね……。きっと、寝ていて呼ばれている声に気づかなかったんでしょうけど」

そういうときはだいたい、押し入れの中とか、タンスの上とか、見つけづらいところにいる。見つかったことにホッとして『よかったよかった』となでるけれど、こんなに捜しているのだから気づいてくれても……という気持ちがないわけではない。

「いえ。ハナコさんは、おそらく気づいています」

「ええっ、そうなの？」

マスターの口から衝撃の事実が飛び出し、私の声は裏返った。

「はい。ちゃんと聞こえていて、その上で無視しているんです。猫とはそういうものです。いくら飼い主が呼んでいても、主導権は自分にある。かまわれたかったら行くし、そうじゃなければ聞こえないふりです」

「知らなかったわ……」

いや、呼んでも来ない猫がいることは知っていた。ただ、うちの猫は例外だと思っていたのだ。

「人間もそうではないですか？　嫌だったら自分で『話さないこと』を選べるのだから、話す場だけ与えてあげればいいんです。猫に声をかけるのと同じです」

「そうよね……」

なにも『腹を割って話しましょう』と要求するわけじゃない。ただおいしいものを食べに行こうと誘うだけなのだから。

「でも、なんだか怖いわ。もし断られたら、と思うと……。ダメね、息子相手にこんなんじゃ」

大切な息子だから、嫌われたくないという気持ちがジャマをして動けない。でもそれでは、いつまでたっても変わらないのでは？　黙って心配しているだけで、本当にいいのだろうか？

うつむくと、マスターは「ニャー」とかわいらしい鳴き声をあげた。驚いて顔を上げると、私をじっと見つめる優しい瞳がそこにあった。

「大丈夫です。少なくとも、今日私が会ったお客様は、『臆病なおばあちゃん』ではありませんでしたから」

それはさっきまでのダンディな落ち着いた声で、私はマスターが一瞬だけ、ただの猫になってくれたのだとわかる。それはきっと、私を励ますためで……。

「そうね。あなたから見た私は、そうなのね……。だったら、勇気を出さなきゃダメね」

涙まじりの声になりながら、私は看板と、メニュー表に添えてあった一文を思い出す。借りたのは、猫の手よりももっと大きなものに感じる。私は、カップに残っていたコーヒーをぐいっと飲み干した。

「名残惜しいけど、そろそろ帰らなくちゃ。バスももう、来るころでしょうし」

そう言って立ち上がる。重たいエコバッグを持つ前に、もう一度ちらりとマスターの顔を見た。

きっと今後、この店に来ることはないだろう。そしてこんなに大きな猫に出会うことも、残りの人生ではないはずだ。

「最後に、お願いしてもいいかしら？　私、大きい猫にぎゅっと抱きつくのが夢だったの」

マスターは面食らったように、ぱちぱちと瞬きをした。

「猫好きのお客様の頼みは断りづらいですね。……特別ですよ」

ヒゲをピンピンと前足でもてあそんだあと、マスターはそう言って目を閉じた。

「ありがとう。それじゃ、失礼するわね」

おそるおそる近寄って、大きなモフモフの体をぎゅっと抱きしめる。マスターからは、猫ちゃん特有の甘い匂いと、コーヒーの香ばしい匂いがした。

「うふふ、ふわふわだわぁ」

背中に回した手をなでるように動かすと、マスターの喉からゴロゴロという音が一瞬だけ聞こえた。

「マスター、ごちそうさま。世界一のプリンアラモードだったわ」

私が離れると、マスターは気まずそうな、恥ずかしそうな表情であさっての方向を見ていた。それから「ごほん」と咳払いして姿勢を正すと、片手を前にやって執事のようなお辞儀をした。

「おいしい思い出、ありがとうございました。また猫の手も借りたいときは、『純喫茶またたび』にお越しください」

木の扉をゆっくり開けると、冷たい風が吹き込んでくる。急に現実に戻った気がして時計を見ると、まだ一時間もたっていなかった。

「あら、次のバスに間に合ってしまうわ。急がなきゃ」

私は振り返らずに扉を閉めて、夕暮れのままの商店街を早足で進む。心も体もあたたまったから、もう師走《しわす》の風は寒くない。ほてった頬に当たって、心地いいくらいだ。

家に帰ったら、スーパーで買ったラディッシュとビーツを入れて、オシャレなスープを作ろう。息子のためじゃなく、たまには自分の楽しみのために。

数日後。よく晴れた日の午前中に、私は息子の部屋をノックした。

ドアから半身だけ覗くと、真幸はパソコンデスクの椅子ごとこちらを向き、耳につけていた大きなヘッドホンを外すところだった。デスク上のパソコンは、ディスプレイを寝かせるように置いてある。液タブ、といって直接画面に絵を描けるらしい。

「真幸、ちょっといいかしら」

「うん。なに？」

作業を中断させてしまったわけだが、特にわずらわしそうな様子ではなくホッとした。

「あのね……、今日はデパートでお昼を食べない？」

「めずらしいね。ちょうど買いたいものもあったし、いいよ」

緊張しながら誘うと、真幸は意外にも、さらっとOKしてくれる。気まずくて避けられるのではという心配は杞憂《きゆう》だったみたいだ。

「着替えるからちょっと出てて」

「じゃ、玄関で待ってるわね。あっ、マフラーと手袋、忘れないようにね」

「はいはい」

デパートへは、バスで向かう。途中でお年寄り――といっても私より少し年上くらいの女性が乗ってきたとき、真幸がすぐに席を譲ったので驚いた。私も一緒に立ち上がろうとすると、「お母さんは座ってて」と制される。

私も、息子に気を遣われる歳になったんだなあ、と思いつつ、その優しさがうれしい。真幸がまだ子どものころ、電車やバスの座席がひとつだけ空いたときは、私も夫も真幸を座らせていた。今では逆だなんて、夫が生きていたらなんて言ったかしら。

『もう真幸も大人だからこんなことを言うのはおかしいかもしれないが……優しい子に育ってよかったな』

そんな夫の声が、頭の中で聞こえた気がした。


デパートのレストラン階では、なにを食べるか悩んだあげく、古風な感じの洋食屋さんに入った。木でできたインテリアのぬくもり感や落ち着いた雰囲気が、『純喫茶またたび』に似ている。

「あら、ここ、プリンアラモードがある」

メニュー表を見ながらはしゃいだ声をあげると、真幸が首をかしげた。

「プリン、そんなに好きだったっけ？」

「ううん、プリンっていうより、アラモードがね。昔、あなたのおじいちゃんと――」

ちょうど店員さんが来たところだったので、ランチのハンバーグセットとプリンアラモードをふたつずつ注文をしてから続きを話す。昭和の話は興味深いらしく、「うんうん」「へー」と相づちを打ちながら聞いてくれるものだから、私はついうれしくなってしまった。

「あのね、この前ちょっと不思議な喫茶店に行ったのよ。マスターがチャーミングでね。そこでプリンアラモードを食べて思い出したんだけど」

純喫茶またたびのことも、店主が猫又というのは伏せて話す。

「ひとりで喫茶店に行くなんて、若いころぶりだったから楽しかったわ。あんなにいいものなのねえ」

「東京にもけっこうあるよ、面白い喫茶店。名曲喫茶なんかもまだあるし」

「まあ、そうなの！　懐かしいわ」

私が二十代の娘だったころ、友達と連れだって訪れたことがある。レコードが主流だった時代は、わざわざ喫茶店に行って音楽を聞くのがナウい文化だった。真幸によると、新しいカフェが次々とできる一方、昭和初期から営業している老舗喫茶店も残っているのが東京だそうだ。

「また行けばいいんじゃない？　介護も終わったんだし、外に出ても」

軽い感じではなく、真幸は真面目な顔をして提案してくれた。ほかの人に『もう自由なんだから外に出ればいいのに』『なにか趣味でも見つけたら？』と言われても心は動かなかったが、私の苦労する姿をずっと、夫にかわって見てくれていた息子に言われると、響くものがあった。

「そう、よね……。行ってみようかしら。東京、案内してくれる？」

「もちろん」

やっと今日、真幸の笑顔が見られた。そのまま話が弾んで、ランチセットが運ばれてきたあとも、とりとめのない会話をした。イラストレーターの仕事についても、聞けばちゃんと教えてくれる。専門用語はわからなくても、どういう工程で絵を描いているのか知れるだけでうれしい。

なんだ。私が楽しそうに話せば、真幸は応えてくれるじゃないか。私は今まで待つばかりで、自分の話を真幸にしたことなんてなかった。それがダメだったのだ。

真幸に話してほしかったら、まず自分から話さなきゃ。

　ハンバーグセットを食べ終わり、プリンアラモードを待っている間、今までだれにも打ち明けてこなかった本音を、思い切って口に出してみた。

「あのね、真幸……。お母さんね、お父さんが亡くなったとき、今後の人生は余生だと思ったの。楽しいことや幸せなことはもう起こらないんだって。お父さんのところに行くまでの時間つぶしで生きているだけだって」

　真幸は目を見開いたあと、泣き出しそうな表情になる。夫の葬儀でも、この子はずっとこんな、涙をこらえたような顔をしていた。

「でもね、違うのよね。ひとりでだって、幸せは見つけられるのよね。お父さんがいなくたって、楽しい気持ちにも、幸せな気持ちにもなっていいのよね」

「当たり前だよ……。あと何年、あると思ってるのさ」

　ぐすっと洟をすする真幸につられて、私も、涙と鼻水が出てきた。間が悪いのは、こんなときに運ばれてくるプリンアラモードである。しんみりした空気のテーブルにでででんと置かれた、存在感の強い王様のようなデザート。純喫茶またたびのものとは少し違って、フルーツは飾り切りのりんごとメロン、バナナとオレンジ。『僕を見て！』と主張するようなその姿を前に、私と真幸はしばし無言になった。

「ふふ、うふふ。なんだかおかしい。一気に空気が持っていかれちゃったわね」

「もう、いいから食べよう」

泣いたのを隠すように笑って、ふたりでプリンアラモードを食べた。正直、胸がいっぱいでよく味わえなかったけれど、それはとっても幸せな味だったと思う。

「あのさ、俺も、ずっと話したかったことがあって」

食後に運ばれてきた紅茶のカップをじっと見ながら、真幸が神妙に切り出す。

「なあに?」

なにかしらとドキドキしながらも、深刻にならないように気をつけて返事をした。

「お母さんが、俺を心配しているのは知ってた。でも、なかなか本音を話す機会がなくて……」

真幸は前置きしたあと、紅茶をごくっとあおってから、はーっと深い息を吐いた。

「俺さ、小学校のときからずっと、集団になじめない感じがしてつらかった。みんなは普通に人付き合いができるのに、どうして俺だけこんなに難しいんだろうって。だれかといるよりひとりのほうが好きだったけれど、学校生活だとそんなの、根暗ぼっちって烙印《らくいん》を押されるんだ」

「ええ……」

私はうなずいて、小学校や中学校……歴代の真幸の担任の言葉を思い出す。『もっと積極的に、クラスに溶け込む努力を』『協調性が足りない』『仲のよい友達を作りましょう』。言葉は違えど、言いたいことは同じだ。いろんな先生がいたけれど、『ぼっちでも、浮いていてもよい』『友達を作るよりも好きなことをやりなさい』なんて言ってくれたのはひとりもいなかった。

「でも、専門学校に行ってから、俺と同じような性格のやつもたくさんいるんだってわかった。集団の中だと、俺みたいに埋もれてただけで」

語る真幸の目が、しっかりと私をとらえた。その瞳に強い意思の輝きを見て、私は目をしばたたかせた。この子はこんな顔をするようになったのか。

「だれかに合わせて生きるのは無理だから、恋愛も結婚もできないと思うけど……。俺、今が一番幸せなんだ。似たような仲間が周りにたくさんいて、好きなことを仕事にできて。今が一番自分らしく生きられてる」

「真幸……」

真幸は、私が思うよりもずっと、強い子だった。自分の望みを理解して、安らいでいられる場所に、自ら身を置いている。それは世間の大多数に流されずに、真幸自身がやり遂げたことなのだ。それがどれだけ難しいか、多様性なんて言葉がなかった時代を生きてきた私は、よくわかっている。

私が死んだら真幸はひとりになってしまうだなんて、とんだ思い違いだった。

「お母さんは、あなたの生き方が素敵だと思う。あなたは……お父さんの次に、私が尊敬する人よ」

かみしめるようにそう伝えると、真幸は照れくさそうに微笑んだ。

結婚して子どもを産み、夫と生きた人生を、私は否定しない。だからあなたに会えたのだ。そしてほかのだれの生き方も、私は否定しないだろう。

だれかと共に生きることを選んでも、パートナーを作らず自分の人生に専念する道を選んでも、どちらも覚悟がいる。正解なんてないのだ。大事なのは、自分が選んだ道の先で、どれだけ幸せに生きるかということ。

猫又のマスターも、真幸も、私にそれを教えてくれたのだ。


「お母さん、まだ準備終わらないの？　もうすぐ出る時間って言ってなかった？」

純喫茶またたびを訪れてからみっつの季節を越え、秋になった。

私は着慣れないツイードのセットアップにもじもじしながら、旅行鞄の中身を確認しているところだ。

「え、ええ……。わかってはいるのよ。でもスマホの充電を忘れちゃって……」

ギリギリまで充電しようとコンセントに挿しているスマホを指さすと、真幸はあきれたようにため息をついた。

「俺のポータブル充電器を貸すから。ちょっと待ってて」

「ありがとう。スマホの充電が切れたら、電車の乗り換えも待ち合わせ場所もわからなくなるところだったわ」

二階から持ってきてくれた充電器を受け取ると、真幸は含みのある笑顔を見せた。

「まさか、お母さんがひとりで東京に行くようになるとはね……。しかもオフ会で」

そう、私だってびっくりしているのだ。新しい趣味を見つけようと、真幸がキャラデザインを担当したスマホゲームを始め、そのゲームの情報交換をしたくてSNSに登録し、そこから同じゲームにハマっている六十代主婦と出会い、頻繁にやりとりをするようになり、ついに東京で直接会うだなんて。しかも待ち合わせは、渋谷にある名曲喫茶である。

東京自体は、真幸の案内で何度か遊びに行ったので、慣れてきたころだ。

「あら。お母さんは、柔軟で胆が据わっているって言われたことがあるのよ。とっても素敵な喫茶店のマスターに。お母さん自身も、今までわかっていなかったけど」

「そうだね。俺もわかっていなかったみたいだ」

真幸は感心したようにつぶやく。夫には、『俺は知っていたよ』と言われそうだけど。

「じゃあ、行ってきます。今日は泊まりになるけれど、ハナコのことよろしくね」

「はいはい。行ってらっしゃい」

玄関扉を開けて、振り返る。真幸は寝起きのボサボサ頭をかきながら、ふあぁとあくびを出す。昨日は遅くまで仕事をしていたようだから、このあとまた寝るのだろう。きっと、私を見送るためにわざわざ起きてくれたのだ。

「なんだか、今までと逆みたいね」

小さくつぶやいて、ふふふと笑う。この歳で新しい趣味や友人が見つかるだなんて、思っていなかった。

人生は、プリンアラモードに似ている。あんなに大きく見えていても、食べてしまえばあっという間だ。でも……。

おいしいところは食べ尽くしたように見える私の人生だって、最後までとっておいた特別なさくらんぼは、まだ残っているのだ。

＊　＊　＊

閉店後の『純喫茶またたび』の厨房で、マスターはひとり、プリンアラモードの盛り付けをしている。プリンをぱかっと型からお皿に移し、生クリームをうねうねと絞り出す。そうしたらあとは、フルーツを彩りよく配置するだけだ。メロン、バナナ、苺、桃にパインにさくらんぼ。これがまた繊細で、芸術性を要求される仕事なのだ。

「ふう、できました。ニャニャ、なんだか食べるのがもったいないです」

少しお行儀が悪いが、前足でプリンをふるふる揺らして、その感触を楽しむ。そうしてから、きちんとスプーンを持って最初のひとくちをかみしめた。

「おいしいです。しっかり固めにできました。やはりプリンはオーブンで蒸し焼きにするのが一番です」

続いてフルーツと、生クリームにも舌鼓《したつづみ》を打つ。一皿でいろんな味が楽しめるのは、お高めのキャットフードみたいでなかなかよい。

ほとんど食べ終えてから、そういえば、と思い出す。

「昔、プリンアラモードが人間の人生に似ていると、言っていたお客様がいました。

メインのプリンやおいしいメロンは、たいてい先に食べ尽くしてしまうからだそうです。そうしてあとから、『若い人はいいね』と、残っている人をうらやむからだと。なかなか辛辣《しんらつ》ですねえ」

さくさくとウエハースを食みながら、しっぽを揺らす。自分用なので、特別に二枚つけたのだ。

「でも、今日のお客様は、最後までさくらんぼを残していました。大事なのは、それに気づくことなのかもしれませんね」

マスターは銀の皿に残った赤い実を口に入れ、種と柄を器用にぺっと吐き出した。

「それにしても、失敗しました。もてなす側がゴロゴロしてしまうとは……。不覚です」

目を閉じ、恥ずかしそうに頭を押さえてから、マスターは厨房の電気を消す。黄色い瞳が一瞬、きらっと光った気がした。

メニュー6

再現できない
ブレンドコーヒー

それは私のしっぽが、まだふたつに分かれていなかった時代、ごくありふれた商店街にある純喫茶で、マスターと呼ばれる看板猫だったときの話である。

私は猫である。いや、かつて猫であった。生まれたときのことは覚えていないが、気がつけば薄暗くてじめじめした箱の中でニャーニャー鳴いていた。同じ箱では、一緒に生まれたきょうだいであろう小さな毛玉たちが、同じくか細い鳴き声をあげていた。

時間がたつにつれ、ひとつ、またひとつと鳴き声は少なくなってくる。さっきまであたたかかった毛玉が冷たくなっていく。いつまで空腹に耐えればいいのかという終わりの見えない絶望の中、黒くて大きな鳥に襲われた。カラスである。カラスは子猫を食べるのだ。

生き残っていたきょうだいは、大きなくちばしに咥えられ、連れていかれた。私はきょうだいの亡骸《なきがら》に、身を寄せるようにして隠れていたから助かったのである。

箱の中で息をしている毛玉は私だけになった。しかし、自分だけ生き残ってもどうしようもない。このまま、坐して死を待つのみと覚悟を決めたとき、あたたかなものが私に触れた。

「お前、生きてるのか」

人間だった。私は彼の掌《てのひら》に乗せられ、そっと包むように抱きしめられた。

「今、助けてやるからな。もう少しの辛抱だぞ」

その声に安心して、私は深い眠りに落ちた。次に目を覚ましたときには、いくつもの人間の顔が私を見下ろしていた。

「店長、店長。この子、目を開けたよ！」

私はふわふわした布に包まれ、スポイトでミルクを与えられていた。

「よかったねえ、店長。急に、店にボロボロの子猫を連れてきたときはどうなるかと思ったけれど」

「夜も寝ないで看病してたんだろ」

私にミルクを与えていたのは、店長と呼ばれた人間である。店長はぽろぽろと涙を流して「ああ、よかった。本当によかった」と泣き始めた。

店長はほかの人間と比べて細身で長身で、長髪を後ろでひとつにまとめていた。顔には無精ヒゲがあり、なにやら香ばしい匂いがしていた。

香ばしい匂いは、店長だけでなく周辺からも漂ってくる。そこは喫茶店だった。

私は箱に入れられ、喫茶店のカウンターに乗せられていたのである。

「店長。この子、よく見るとヒゲみたいな模様があるよ」

「なんだか子猫のくせに貫禄があるなあ。店長よりもよっぽど、喫茶店のマスターみたいじゃないか」

ほかの人間も、店長と同じくおやじと呼ばれる人種だった。のちに商店街の店主たちだと知るが、この喫茶店はおやじたちの憩いの場でもあった。

「ひどいなあ。俺のことは絶対、マスターなんて呼ばないくせに」

さっきまで泣いていた店長は、もうけろりとしておやじの軽口に返している。ずいぶん変わり身の早い人間だなと思ったけれど、私を見つめる目はまだ赤く潤んでいた。

「まあいいや。こいつの名前はマスターにしよう」

店長が私の体を抱き上げる。拭いてくれたのか、ごわごわでボロボロだった毛並みが綺麗になっていた。

「なんだい。ここの看板猫にするつもりかい？」

「ダメかい？　喫茶店に猫がいちゃあ」

「いや、この商店街に反対するやつなんておらんよ。餌に困ったときにはおれんとこに来ればいい」

魚の生臭い匂いのするおやじが、どんと胸を叩いた。ほかのおやじたちも、うんうんとうなずいている。

「よし。じゃあお前は今日からマスターだ。よろしく、マスター」

私は挨拶がわりにニャーと鳴いた。

私の住処が喫茶店になってから、商店街の住人たちがかわるがわる挨拶に来た。中には貢ぎ物としておいしいカリカリを持ってきた人間もいた。そして洋品店の店主が、

「首輪をつけちゃマスターっぽくないでしょ。かわりにこれを着せなさいよ」

と猫サイズのベストと蝶ネクタイを作ってきた。飼い主である店長とおそろいである。

「おおっ。これはますます、俺の存在感がなくなるなあ」

飼い主は苦笑いしていたが、声は楽しそうだった。

しかし、私は最初からスムーズに看板猫になれたわけではない。時間がたつにつれ、『自分は箱に入れられていたのだから、母猫と離されて人間に捨てられたのだ』という記憶がよみがえってきて、飼い主以外の人間にさわられるたび、シャーッと牙をむいていた。飼い主には恩があるから別として、ほかの人間が信じられなかっ

たのだ。

そんな私を飼い主は、『ごめんごめん。こいつはまだ人間に慣れていないから、長い目で見てくれよな』とフォローし、喫茶店の客も手を出さずに離れたところから『マスターこんにちは』『早くなでさせてくれよ』と声をかけてくるようになった。そうした辛抱強いふれあいのおかげで、私は徐々に人間の優しさを理解し、しだいに毛並みをなでさせてやることができた。名実ともに、『看板猫』になれたわけだ。

私はそれから、マスターとはなんであるか、どうあるべきかを常連の会話から学んだ。いわく、それは紳士であるべきである。そして、丸眼鏡にヒゲの似合う穏やかなナイスミドル、もしくはロマンスグレーだとなおよい。口調や接客も丁寧、かつ細やかな気配りができ、声はダンディなバリトンボイス。こんなところだろうか。私は猫の身でありながら、そのような〝マスター〟を目指そうと心に決めたのだ。

喫茶店には、毎日いろんな人間がやって来た。商店街のおやじが、仕事をサボるついでにコーヒーを飲みに。女子高生が、試験勉強をしながらサンドイッチをつまみに。野球少年団が練習終わりにカツカレーを食べに。みんな、来たときは疲れた顔をしているのに、マスターとおしゃべりし、飲み食いしたあとはすっきりした顔で帰っていく。私は、コーヒーに魔法でもかかっているのかと疑ったものだ。

「ねー、店長。この子に水、普通のお皿であげてるの？」

私の専用スペースは、カウンターの足下にあった。いつでも横になれるようにクッションと、餌皿と水皿が置いてある。

水をぺちゃぺちゃとなめる私を腰を曲げて覗きこみながら、金色の頭に南国の花飾りをつけた女子高生がたずねる。顔には、まじないのような化粧がほどこされていた。

「そりゃそうだろ。猫なんだから」

「なんか、似合わない。こっちのほうがいいよ」

女子高生は立ち上がると、勝手に食器棚をあさる。取り出したのは、飼い主がいっとう大事にしていた花柄のティーカップだった。

「おいそれ、ウェッジウッドのカップ……！」

「いーじゃんいーじゃん」

水をカップに移し替え、女子高生は「はい、マスター」と私の前に差し出す。私は容れ物はなんでもかまわないので、気にせず続きを飲んだ。

「あ、飲んだ」

「ああ……もうそれ、お客に出せないだろ……」

「どうせ出したことないじゃん」

飼い主は悲痛な声をあげる。夜な夜な、大事そうにカップのコレクションを磨いているのは知っていたので少し心が痛んだが、使わなければ宝の持ち腐れである。

「そうだな……それならもう、マスター専用にしちまうか……」

やけになったのかふっきれたのかはわからないが、それからそのカップは私のものになった。毎日おやつの時間に、飼い主がカップにかつお出汁を注いでくれる。私は客よりもいいカップを使っていることに優越感を抱きながら、カウンターの上で上品に、ひときわ紳士らしくかつお出汁をするのであった。

「なあマスター。俺はさ、人間にとって喫茶店でコーヒーを飲むのって、ただの娯楽じゃないと思うんだよ」

あるとき、飼い主は私にそう語りかけた。彼は私が人間の言葉を話せないとわかっているのに、こうしてよく一方的に話しかけてくる。おそらく、私が聞き役に適しているからだろう。

「日常で背負っているいろんなものを下ろして、ホッとひと息つける時間っていうか。俺はそんな店が作りたくて、喫茶店を継いだんだ」

この店は、もとは飼い主の父親が営んでいたらしい。古くさいインテリアや佇まいはそのせいだ。飼い主は「それが逆にいいんだよ」と、少しアンティークを加えるだけでほとんど改装しなかった。

「それにはうまいコーヒーも必須だからな。こうして日夜、オリジナルブレンドの改良にいそしんでいるわけだ。コーヒーのうまさも、喫茶店の必要さも、世代が変わっても変わらないものだからな」

この店には『究極のブレンドコーヒー』というメニューがあった。飼い主がコーヒー豆を独自にブレンドした看板メニューだ。そのまま飲んでも、砂糖やミルクを足してもおいしい、老若男女に愛される味らしい。猫はコーヒーが飲めないので香りだけ楽しんでいたら、今では香りだけでコーヒー豆の銘柄がわかるようになった。特にこの『究極のブレンドコーヒー』の香りは私のお気に入りだ。

「って言っても、マスターにはわからないよなあ。まあ、要は喫茶店って、猫にとってのまたたびと同じってことだ。うーん、なんか違うか？」

さあ、どうだろう。という意味を込めてニャーと鳴いたのに、飼い主は「そうかそうか、マスターにもわかるか」とうれしそうに私をなでた。

変わらない日常、変わらない商店街の風景。しかし店に来る人間たちは、ちょっとずつ変わっていった。子どもは大人に成長し、年老いた客はやがて見なくなる。子猫だった私も成猫から老猫になり、飼い主の髪とヒゲも白くなる。年号がひとつ変わり、私が看板猫になってから二十年の月日がたとうとしていた。


「もう俺も、体がきつくなってきたなあ。猫の手も借りたいよ」

高齢になった飼い主は、最近よくその言葉を漏らす。

「大丈夫かい店長。健康診断の結果も、あんまりよくなかったんだろ?」

魚屋の大将が心配そうに声をかける。大将は数年前に息子に店を譲っていた。かつてこの店の常連だったおやじたちは、代替わりしたり店を閉めたりして、ほとんどが隠居生活を送っている。

「いろいろ引っかかっちゃったんだけど、特に血圧がね……。最近頭痛もするし、病院に行かないと死ぬよっておどされたよ」

「それはまずいよ。面倒くさがらずにちゃんと通院しないと」

「そうだねえ。病院、嫌いなんだけどな」

「しょうがないだろ。人間、六十越えたら医者の世話にならずには生きていけねえよ」

そういう大将も、糖尿病を患ってから大好きな甘い物を控え、コーヒーに砂糖を入れるのすら我慢している。

「いやだね、歳を取るのは。マスターが生きているうちにくたばるわけにはいかないんだがなあ」

「長生きだよなあ、マスターも。もう二十歳だろ？　そのうち猫又になるんじゃないか？」

猫又というのは猫の妖怪で、しっぽが二本あり、二足歩行し、人語を操って妖術まで使うそうだ。長く生きた飼い猫が猫又になることもあるという。

「猫又かあ。そうしたらいいよいよ、猫の手も借りられるなあ」

また猫の手である。どうやら私の手はよほど有能だと思われているらしい。

「マスター、そのときは俺の手伝いをしてくれよな」

飼い主は犬に『お手』をさせるように私の手を取る。私は『ああもちろんさ』という意味を込めてニャーと鳴く。

「そうかそうか。ありがとうよ」

めずらしく、意味が伝わったらしい。私はこの日から、どうすれば猫又になれるかを、商店街の飼い猫仲間や近隣の野良猫たちにたずね歩く日々を送ることになる。

しかし、時間というのは無情なものだ。調査の甲斐なくなにもわからないまま、私は自分の寿命を察した。あと一ヵ月もしないうちに、私の命は消えるだろう。

まだ私は死ぬわけにはいかない。まだ、飼い主に手を貸していないのだ。

「どうしたんだマスター。急にフードを食べなくなって……」

一度弱れば、そこからは早い。下り坂を駆け下りるように、どんどんと体が動かなくなっていく。飼い主が私のために、毎日工夫をこらしたごはんを作ってくれたが、それもわずかしか口にできなかった。

私は動物病院に連れていかれ、血液を採られたり、妙な機械でお腹の中を覗かれたりした。

「先生、この子は治りますよね？」

検査が終わった私を抱きしめて、飼い主は小刻みに震えていた。獣医は沈痛な面持ちで首を横に振る。

「これ以上は治療をしても、わずかに延命させるくらいしか……。あまり苦しませたくないなら、安楽死という方法も――」

「そんな……」

究極の選択を迫られた飼い主は、答えを出せずに動物病院をあとにした。

「どうすればいいんだ……」

臨時休業の札をかけた喫茶店のカウンターで、飼い主は頭を抱えたまま動かない。

鍵のかかっていなかった扉が開いて、魚屋の大将が顔を出す。

「店長……。聞いたよマスターのこと。大丈夫かい？」

私はその隙をついて、大将の足下をするりとすり抜けた。

「あっこらマスター！　どこに行くんだ！　大将、つかまえてくれ！」

「待て、マスター！　くそっ、すばしっこいな！」

追いかけてくるふたりの手をかわし、商店街を走り抜けていく。自分にこんな力が残っているなんて驚いた。

まだ、まだ諦めない。私は飼い主に、延命も安楽死も、どちらの選択も選ばせたりしない。私は猫又になって、生き延びるのだ。

どこかに猫又になる方法を知っている猫がいるかもしれない。ほかの商店街は？　隣町ならどうだろう。

一週間、ほかの町ををかけずり回った。なにも手がかりを得られないまま、目がかすんで見えなくなっていく。もう水さえ、飲む力がない。

私は最後の力をふりしぼり、自分が飼い主に拾われた場所まで来ていた。そこは神社の境内の裏だった。ここまで来たら、神頼みしかなかった。

ふらふらになりながらお社の前にたどり着き、そのままどさりと倒れ込む。

もし神様がいるなら、私を猫又にしてください。どうか、どうか……。

もうまぶたは開かない。呼吸が苦しい。願いごとを何度も繰り返しているうちに、意識が遠のいていく。ああ、私は本当に――。

そこで、私の猫生は終わった。終わった、はずだった。


「おや、猫が倒れていますね」

ぼんやりした頭に、若い男の声が響く。男にしては少し高めで、いやに丁寧な話し方だ。それから、ざっざっという、人間の近づいてくる足音。足音は私の近くで止まり、かがみ込む気配がする。

「ん？　これは……」

驚いた声と共に、私は揺すり起こされる。

「起きてください。あなた、あやかしになっていますよ」

ん？　あやかし？　私は死んだはずではないのか？

目を開くと、私を見下ろしている男と目が合った。金髪で金色の目の美しい男だ。昔の書生のような袴姿をしている。

「お目覚めですか。おはようございます」

朝の挨拶をされるが、もう夕方になりかけている。倒れたときはまだ日が高かったので、数時間たったのか。

手足も動かせたので立ち上がる。なぜか二本足で立てた。しっぽに違和感があるので前足でつかんで目の前に持ってくる。黒くてふさふさの自慢のしっぽが、ふたつに分かれていた。これはあれだ。間違いない。しっぽが二又で、二足歩行し、人語を操る、私が死の直前まで探し求めていたもの。

「私は猫又に、なれたのですね」

口から出たのは、人間の言葉だった。しかも、マスターの条件であるダンディなバリトンボイスである。

あれだけ猫又になる方法を探しても見つからなかったのに、自分がなったとたんにすっと理解できた。長生きしたからでも、神頼みのおかげでもない。私は、猫又になりたいという強い意志のおかげで、死後猫又になれたのだ。

しばらく、二本足で歩いたり、両手を握ったり開いたりしてみる。以前よりだいぶ器用に動いているようだ。

そしてやっと、静かに私の様子を眺めている金髪の男の存在を思い出した。

「起こしてくださってありがとうございます。あなたはだれですか？　見たところ、普通の人間ではないようですが」

自分があやかしならば、ほかの生物ならざるものの気配を感じ取れるようだ。存外、この世には霊や生き霊といったものがうようよいるらしい。目の前の男からも、人間とあやかしのまざった匂いがする。

「私の名前は孤月《こげつ》。夕闇通り商店街で、妖菓子店《ようがしてん》を開いています。お察しの通り、あやかしの類です」

孤月が口角を上げると、金色の目がすっと細くなる。笑っているようで笑っていない目だと思った。

「私はマスターです。喫茶店で看板猫をしています。夕闇通り商店街とは聞いたことがありませんが、どこにあるのでしょうか？」

孤月によれば、そこは現世《うつしよ》と幽世《かくりよ》の狭間にある、あやかしの営む商店街らしい。

「店をやっているあやかしも、私のような半端者《はんぱもの》か変わり者ばかりです。お客もめったに来ないような商店街ですが、霊や生き霊、たまに人間のお客様もいらっしゃいます」

この神社の境内が入口のひとつで、普通の人間には見えないが、悩み事を抱えて存在が不安定になった人間だけが、時折導かれるようにやってくるという。

あやかし化したばかりの私にとっては興味深く、いろいろたずねているうちに時間がたってしまった。夕方の始めくらいだったのに、今や空は完全なオレンジ色である。

「いけない、早く帰らねば。飼い主が私を捜して心配しているでしょうから」

私は自分の胸元にある蝶ネクタイを引っ張りながら、それはそれは心配性の飼い主なのだという意味を込めて苦笑する。

一週間も失踪していたのだから、商店街中におたずね猫の貼り紙がしてあるかもしれない。

「そうですか。それではマスターさん、また会いましょう」

「孤月さん、親切にいろいろとありがとうございます。私はこれから喫茶店に帰るので、もう会うこともないと思いますが」

私の言葉に、孤月の表情が一瞬だけ曇った。

「……そうですね。でも、もしなにかお困りのことがあったら、コハク妖菓子店をおたずねください。同じあやかし同士、力になりますよ」

なにか違和感を覚えながら、私は孤月に別れを告げ、神社をあとにした。

二足歩行では道ゆく人間たちを驚かせてしまうので、しっぽを一本引っ込めて、四足歩行で店まで走る。私は紳士なので無駄にひけらかしたりしない。飼い主の前で颯爽と立ち上がり、人間の言葉を話しながら二又に割れたしっぽを見せるのだ。飼い主は猫又になった私を見てなんと言うだろう。きっと脱走したことなんて帳消しになって、たくさん褒めてくれるに違いない。

わくわくしながら商店街に入ると、途中でうつむきかげんに歩いていた魚屋の大将とすれ違った。

「あれ？　マスター？」

大将は私の姿を見て驚く。それは当然なのだが、追いかけてこないのが気になった。

なぜだろう。さっきから、胸がざわざわする。なんだか、商店街の空気が違う。私を捜すための貼り紙だって、一枚も見ていない。

なにかがおかしい。嫌な予感が頭をかすめる。いや、そんなことない。全部気のせいで、いつもと同じ商店街のはず。早く、店に行かなければ。飼い主に会って、なんでもなかったと早くホッとしなければ。

しかし、たどり着いた喫茶店は、定休日でもないのに鍵が閉まっていて、中も暗かった。そして、飼い主の匂いがまったくしない。

私が扉の前でニャーニャー鳴いていると、近づいてきた人間に後ろから抱き上げられた。大将だった。

「マスター、お前の飼い主は死んでしまったよ。一ヵ月前、お前がいなくなってから数日後、急に……」

涙まじりの声の、言葉の、意味が理解できなかった。死？　飼い主が？　死にかけていたのは、私のほうではなかったのか？

私が神社で倒れてから、数時間たったと思っていた。でも実際は、猫又になるまで一ヵ月の時間がかかっていたのだ。

「脳卒中だってよ。こんなことなら無理やりにでも、病院に引っ張っていけばよかったなあ……」

頭痛が、高血圧が、というふたりの会話を思い出す。飼い主はここ最近、よく頭を押さえていた。猫よりも先に飼い主が死ぬ。そんな可能性すら、私は理解していなかった。

「店長は、亡くなる直前までマスターを捜していたよ。お前も長くないって聞いていたけど、生きていたんだなぁ。安心しろ、俺が最後まで面倒みてやるからな」

大将は柄にもなく丁寧に私をなでる。――でも、私はもう、大将の知っている猫ではない。

私は身をよじって大将の腕から抜け出すと、がむしゃらに走った。大将の呼ぶ声が聞こえるけれど、無視した。

走っているうちに猫又の力の制御がきかなくなり、二本目のしっぽが出てきて、体がどんどん大きくなっていく。すれ違った人間がきゃあっという悲鳴をあげるのを聞いて、孤月の言葉を思い出す。

『もしなにかお困りのことがあったら、コハク妖菓子店をおたずねください』

私の足はさっきあとにした神社に、そしてその先にある夕闇通り商店街に向かっていた。

神社の境内から延びる一本道。そこから入った夕闇通り商店街は、人間の街に異物がまじったような、異様な雰囲気の商店街だった。狐火で照らしている、赤と白の提灯。あやかししか読めない文字で書かれた看板。中国出身のあやかしが建てたであろう、中華風の色合いの建物。しかし、あやかしになりたての自分には不思議と心地よかった。ずっと人間の商店街で育ってきた身なので、人間らしさが残っていることにホッとできるのかもしれない。

コハク妖菓子店は、通りの突き当たりにあった。私は人間ほど大きくなった体で二本足で立ち、前足でつかんで扉を開けた。ずっと見てきたから、人間らしい仕草は自然にできる。ベストと蝶ネクタイは、体に合わせて一緒に大きくなっていた。

「マスターさん。また会えると思っていました」

店の奥にいた孤月は、まるで待ち構えていたかのように顔を上げ、わずかに微笑んだ。

「あなたはこうなることを……私の飼い主が亡くなっていることを、知っていたのですね」

神社で会ったとき、孤月は私たちがまた会うだろうと示唆《しさ》していた。そして自分の店の名前を告げたのは、私に行き場がなくなるのを予想していたのではないか。

「あやかしは死の気配には敏感です。あなたのごく近しい人がここ最近亡くなったことを、私はあのとき、感じ取れてしまいました」

孤月は悲しそうな申し訳なさそうな、複雑な表情をしていた。教えてくれなかったことを責めるつもりはないのに。どうせ真実を告げられても、私は自分の目で見るまで信じなかっただろうから。

「ああ……」

頭を抱えてしゃがみ込み、私は慟哭《どうこく》する。まだ人間のようには泣けないので、口からニャーニャーと大きな声が漏れる。私の目から初めて、涙が流れていた。

どうして間に合わなかったのだろう。私がもっと早く猫又になっていたら、猫の手を貸せていた。飼い主が死なないように、助けられたかもしれない。

声がかすれ、涙も涸れたころ、孤月はゆっくりと私の肩に手を乗せた。

「マスターさん。ここにはあなたと同じような、行き場のないあやかししかいません。気分が落ち着くまで滞在してはいかがですか」

私は無言でうなずく。猫又になった私には、時間はたっぷりとあった。もう生きていたって仕方がないのに。

商店街見物をするつもりはないので、私は空き地の隅で丸まり、ずっと寝ていた。

見るのは飼い主の夢ばかりだったが、いつもその手でなでてもらうところで夢から覚める。

　気分が乗らないと呼ばれても無視していたが、いつでも寄り添っていればよかった。手作りのごはんも、無理して吐いてでも全部食べればよかった。よく、カウンターに置かれたカトラリーを落として遊んでいたが、もっと大事に扱えばよかった。こうすればよかった、ああすればよかったと、後悔ばかりがつもっていく。

　滞在しているうちに郵便局があることに気づく。夕便局、と書いてあった。過去に手紙を送れるというので、飼い主が生きているうちに、病院に行くよう促せるのでは？　と考えたが、起こってしまった出来事は変えられないらしいのでやめた。あやかしの力があっても、死んだ人間を生き返らせることはできないのか。

　どれだけの時間がたったのだろう。眠るのにも飽き、ひたすらぼうっとする日々を送るようになったころ、孤月が空き地をたずねてきた。

「マスターさん。あなたに紹介したい物件があるのですよ」

　連れてこられたのは、飼い主の店によく似た、レトロな喫茶店の建物の前だった。こんな建物があるなんて気づかなかった。

「もうずいぶん長いこと空き家になっているので、住むのにいいかと思いまして」

「ここに、ですか……」

扉を開けると、ドアベルが鳴る。中は埃くさかった。喫茶店はどこもそうなのかもしれないが、カウンターと客席の配置も、飼い主の店と同じだった。内装も、雰囲気が似ている。

「決める前に少し、見てまわってもいいでしょうか」

「もちろんです」

ゆっくりと店内を歩き、家具の感触をたしかめる。すると、いつか飼い主が言っていたセリフが頭の中によみがえってきた。

——なあマスター。俺はさ、人間にとって喫茶店でコーヒーを飲むのって、ただの娯楽じゃないと思うんだよ。

日常で背負っているいろんなものを下ろして、ホッとひと息つける時間っていうか。俺はそんな店が作りたくて、喫茶店を継いだんだ。まあ、要は喫茶店って、猫にとってのまたたびと同じじってことだ——。

「ああ、そうか……」

つぶやきが口から漏れる。今まで、飼い主の店を手伝うだけが、恩返しだと思っていた。でも、違うのではないか？　飼い主の意思を引き継いだ店を出す。それも、恩返しになるのではないだろうか。ここなら人間のお客様もやってくる。猫の手を借りたい人間に、今だったら手を貸すことができる。

「孤月さん。私はここで喫茶店をやろうと思います」

私が告げると、孤月はにやっと唇の端を持ち上げた。それを期待してここに連れてきたのだろうに、食えないあやかしだ。

「いいですね。店番をサボるのにちょうどいい。それで、店名はどうするんですか?」

私は曲がっていた蝶ネクタイを直し、身なりを整える。そしてたっぷり間をとって、紳士らしく落ち着いた声で答えた。

「もう決めてあります。『純喫茶またたび』です」

その後私は、夜な夜な夕闇通り商店街を抜け出し、飼い主の店に向かい、こっそりと小さな家具や食器を持ち出していった。幸い、取り壊されずに店はそのまま残っていたし、頻繁に掃除されている様子でもないので、物がなくなっても気づかれない。

家具を配置し、内装を似せると、だいぶ飼い主の店らしくなった。店の看板は、孤月が開店祝いだと言って持ってきてくれた。夕便局の店主と作ったらしい。ありがたく使わせていただく。

しかしひとつだけ問題があった。飼い主の意思を引き継ぐには、おいしいコーヒーが不可欠なのだが、私はコーヒーの味を知らない。猫にカフェインは毒だと言って飼い主が飲ませてくれなかったからだ。匂いは完璧に覚えているのだが、味に確信が持てないのでは『究極のブレンドコーヒー』にならない。

私は仕方なく、メニュー表に（仮）と添え、試作品のブレンドを毎回お客にサービスとして出すことにした。

いつか、飼い主の店の常連だった人間もやってくるかもしれない。もし来たら、同じ香りのこのブレンドを飲んで、なにか反応をくれるだろう。そうしたら記憶を頼りにアドバイスをもらって、飼い主と同じ究極のブレンドを完成させるのだ。

お金を集めても使えないので、お代は『思い出』にした。飼い主の店ではみんな自分の話をして肩の荷物を下ろしていたが、猫又が相手ではだれも話をしたがらないかもしれない。そうしておけば、強制的に話を聞くことができる。そのあとは、私の腕の見せどころだが。

そうして、〝猫の手も借りたい人へ〟の『純喫茶またたび』がオープンした。現在まで多くの人間のお客様がやってきたが、まだ飼い主の店を知る人間には出会えていない。いつか来るその日のために、私は専用カップでかつお出汁を飲みながら、究極のブレンドコーヒーの研究に明け暮れるのだった。

この作品は書き下ろしです。

夕闇通り商店街
純喫茶またたび

栗栖ひよ子

2024年5月 5 日　第1刷発行
2024年5月28日　第2刷

発行者　加藤裕樹
発行所　株式会社ポプラ社
〒141-8210　東京都品川区西五反田3-5-8
JR目黒MARCビル12階
ホームページ　www.poplar.co.jp
フォーマットデザイン　bookwall
組版・校正　株式会社鷗来堂
印刷・製本　中央精版印刷株式会社

N.D.C.913/197p/15cm　ISBN978-4-591-17934-5

P8101478

ものがたり洋菓子店　月と私
ひとさじの魔法

野村美月

仕事も恋愛もぱっとしない岡野七子がたどり着いた、住宅街の洋菓子店「月と私」。そこには、お菓子にまつわる魅力的なエッセンスを引き出して、物語としてお客に届ける「ストーリーテラー」がいた――。さまざまな悩みを抱えてお店を訪れた人たちは、ストーリーテラーの語る物語と、内気だけれど腕利きのシェフが作る極上のお菓子に心解きほぐされていく。心を甘くやさしくときめきで包み込む連作短編集。